刺客守則

ASSASSINSPRIDE

暗殺教師與女王選拔戰

2

天城ケイ
KeiAmagi

ニノモトニノ
illustration
Ninomotonino

Kadokawa Fantastic Novels

彩頁、內文插圖／ニノモトニノ

ASSASSINSPRIDE
CONTENTS

HOMEROOM EARLIER

愛麗絲・安傑爾七歲——

那是她即將昇上幼年學校二年級時的事情。那天她穿著水色洋裝，看起來像個盛裝打扮的娃娃，獨自一人在詭譎的森林裡徘徊著。

她漫無目標地踏出小小的腳步前進，掉落的淚水同時弄濕了地面。

即使哽咽聲響徹森林，也沒有人來關心愛麗絲——

「嗚……嗚噫……嗚啊……！」

愛麗絲迷路了。對於平常總是有好幾個女僕隨侍在身旁的她而言，這是她頭一次有這種經驗。

話雖如此，也不能怪罪將注意力從愛麗絲身上移開的傭人們。畢竟這裡是安傑爾家的私有地。

國內顯赫的貴族們居住的弗蘭德爾聖王區。占據其中一角的，便是安傑爾家現任當家菲爾古斯・安傑爾的主宅。今天正在舉辦他的妻子梅莉諾亞・安傑爾的生日派對，以隸屬分家的愛麗絲為首，安傑爾家的親戚齊聚一堂。

話雖如此，對於才幼年學校一年級的愛麗絲而言，沒有什麼特別的玩具，只是站著吃喝的派對，並不是多麼愉快的活動。看到大人們在中庭促膝長談的模樣，感到無聊的她，浮現了到包圍宅邸的森林裡探險的想法。

愛麗絲趁大人們不注意時，偷偷實行了那想法的結果——就是現在這種下場。

沒有太陽，沒有月亮，也沒有星星的這個世界。這也是有如溫室花朵的公爵家千金，首次體會到一旦提燈的燈光遠離，視野會變得讓人多麼不安的瞬間。

「嗚……嗚嗚……母親大人，妳在哪……？」

包括庭院在內的宅邸領地，與騎士公爵家的威信成正比，非常廣闊。

對於年僅七歲的步幅與身高來說，那廣闊的領地只像一座迷宮。

別說派對會場的位置了，愛麗絲甚至已經迷失自己此刻的方向。

再加上還有一件對愛麗絲而言很不幸的事情，就是這座廣闊森林的用途。身為屋主的菲爾古斯公，把這座森林用在貴族「華麗的興趣」上。

也就是用來狩獵。

只見野獸發出「嗷嗚……」的低吼聲，同時從草叢裡爬了出來。

那野獸看起來像是狼，也像是山豬。有些圓滾滾的身體配上強韌的四肢，留長的鬍鬚縫隙間露出銳利的獠牙。

那並非純粹的動物，而是遭到夜晚因子的侵蝕。也就是雖然不完全，但已經藍坎斯洛普化的生物。倘若是隸屬於騎兵團的騎士，把這種生物當成標靶來累積戰鬥訓練，並不是多罕見的事情。

不合規律的是與那生物對峙的，是年僅七歲的孩子這點。

「噫嗚……！」

愛麗絲縮起身體往後退。不過她後退幾步，野獸就慢慢地逼近幾步。兼任狩獵標靶與守衛職責的這隻野獸，收到「攻擊踏入森林裡的人事物」這項單純的命令。就像牠甚至不會對身為主人的菲爾古斯・安傑爾客氣一樣，縱然對方是個手無寸鐵的小孩，牠也不會有一絲猶豫。

毛茸茸的軀體彷彿即將射出的弓箭一般，猛然壓低身體。

四肢的肌肉繃緊起來，腳上的爪子粗暴地抓緊地面。

然後從牠張大的嘴中露出彷彿體現出凶猛程度的獠牙——

緊接著。

在千鈞一髮之際趕到愛麗絲面前的某人，用力揮動手上拿的木棒。

「離愛麗遠一點！」

黃金色光輝飛舞到愛麗絲原本一片漆黑的視野中。長達腰部的金髮高貴地搖曳，那個某人好幾次地將掛著提燈的木棒揮向野獸。

「你以為我是誰！快退下！去去去！」

那人以像是劍術的動作，揮落兩三次木棒。其中一次攻擊直接命中野獸的鼻頭。嗶嘎！野獸伴隨著可憐的哀號聲，捲起尾巴逃到黑暗的深處。

等到聽不見野獸的腳步聲後，一直大口喘氣的金髮少女這才轉頭看向愛麗絲。

梅莉達・安傑爾以宛如太陽般的笑容說道：

「妳沒事吧，愛麗？」

「嗚嗚……莉塔，妳好厲害！」

「這種程度很基本啦！」

愛麗絲毫不迷惘地抱住了得意地挺起胸膛的堂姊妹。

穿著粉紅色洋裝的梅莉達・安傑爾與穿著水色洋裝的愛麗絲・安傑爾走在森林裡。走在前方的梅莉達用提燈照亮前進的方向，邁向派對會場的腳步沒有一絲迷惘。

然後愛麗絲則是抱住了堂姊妹的背。向梅莉達撒嬌時，她經常會像這樣想要抱住梅莉達的背。站在梅莉達的立場，老實說這樣有點難以行走，不過銀髮堂姊妹親近自己的身影非常可愛，因此梅莉達也不太能冷酷地拒絕她。

梅莉達像是在說「真拿她沒辦法」一般，彷彿唱歌似的編織出話語。

「愛麗真的很愛撒嬌呢。我們很快就要昇上二年級嘍。到時就會有很多一年級新生來學校，我們會變成『大姊姊』喔。如果繼續當個愛哭鬼，會被取笑的喔。」

「……沒關係。要是那樣，我就這麼做。」

愛麗絲從梅莉達後方拉起她的一隻手，宛如人偶師一般揮動著手，同時詭異地模仿她的聲音。

「大家好，我是大姊姊喔——」

「我是替身？」

愛麗絲露出猛然察覺到什麼事的表情。

「如果是莉塔姊姊的妹妹，我也會再當一次一年級學生……？」

「不是吧，愛麗會跟我一樣變成二年級學生！」

「就算那樣也沒關係。」

愛麗絲緊緊地抱住梅莉達身後。

「就算是同年級，我也要一直當莉塔的妹妹。」

「真是的～！」

儘管發出感到傷腦筋的聲音，梅莉達其實也挺開心的樣子。

過沒多久，可以在前方看見派對會場的燈光。伴隨從樹木縫隙間散發的黃金光芒，也能聽見傭人們尋找少女們的聲音。

「梅莉達小姐～！愛麗絲小姐～！請回應一聲吧～！」

「是艾咪！得快點回去才行！」

梅莉達轉身用力握緊愛麗絲的手心。

「我們走吧，母親大人說她會把收到的點心分給我跟愛麗喔！」

「伯母大人的點心！」

愛麗絲的眼神也閃閃發亮，兩人並肩走向光明的方向。

梅莉達與堂姊妹手牽著手，同時有點傻眼似的說道：

「話說回來，愛麗。妳的瑪那已經覺醒了，應該能輕易打倒那種小狗狗吧？」

「因為……沒辦法立刻就運用自如嘛。」

愛麗絲有點不滿地鼓起臉頰，立刻這麼反駁。

「莉塔才是，妳快點變成『能力者』啦。我一個人練習瑪那怎麼用，好無聊喔。」

「我知道啦！畢竟父親大人也說我『比其他孩子晚』。」

唉～梅莉達感到焦躁似的嘆了口氣，同時高舉起一隻手。

黃金色燈光照射在才七歲的稚嫩指尖上，製造出影子。

「我的瑪那要到何時才會覺醒呢……？」

† † †

愛麗絲記憶中的溫柔伯母，在這件事的半年後便去世了。

然後在伯母去世的一年後，她首次聽見親愛的堂姊妹被稱為「無能才女」。

LESSON：I ～黃金公主與白銀公主～

LESSON：I ～黃金公主與白銀公主～

梅莉達・安傑爾十三歲，目前有個非常重大的煩惱。

那就是與心上人之間的距離感，或者該說是成熟度差距呢。畢竟對方年長四歲，個頭高到梅莉達必須抬頭仰望才能與他對上視線，而且醞釀出難以想像他尚未成年的成熟氛圍。就算與那樣的他浪漫地十指交纏，從周遭的角度來看，別說是情侶了，頂多只像是兄妹吧。

如果能早日變成配得上老師的淑女就好了——

這就是目前占據梅莉達的內心，導致她吐出溫熱嘆息的問題。

存在於自己與他之間，無從填補的距離。比方說，對了，就算梅莉達朝他拚命伸出手心——**然後用力握緊拳頭，喝的一聲推向他**……

也會立刻被他以加倍速度奉還回來的拳頭，砰！一聲地毆向臉頰。

梅莉達・安傑爾目前面臨到一個重大的煩惱。

就是在**物理層面**碰不到心上人……！

「好，這下是第九次。妳至少打中一次如何呢，小姐？」

「呼咕～～！」

梅莉達一邊被拳頭推著臉頰，同時不甘心似的低吼。她拚命揮出去的右直拳，在距離家庭教師胸膛的幾十公分前微微顫抖著。

梅莉達一蹬地面拉開距離，再次擺出格鬥術的架勢。

與梅莉達面對面的庫法，也從容不迫地將單手宛如拉弓一般繃緊。

梅莉達的宅邸被茂密的植物園包圍，就像是魔法師的祕密巢穴。兩人正在宅邸的後院進行慣例的早晨授課。兩把木刀靠在茶桌旁，從全身噴灑出瑪那的師徒正以赤手空拳交戰著。

梅莉達的雙腳猛然壓低，緊接著用力一蹬，爆發性地從地面躍起。

才心想她突然全身飄起，又宛如波浪一般沉落，瞄準腳邊。庫法輕輕一跳，避開梅莉達像要剷除腳踝般的迴旋踢。雜草窸窣舞動。

梅莉達沒有停止旋轉的氣勢。她活躍地翻動全身，同時用相反邊那隻腳又是一踢。庫法宛如鐵一般堅硬的膝蓋，牢牢地接住了那一踢。

梅莉達從幾乎是倒落在地面上的姿勢，以雙手撐地，更進一步地旋轉下半身。這是庫法直傳，像是霹靂舞的腳法。

LESSON: I ～黃金公主與白銀公主～

梅莉達的下半身宛如倒立一般跳起，庫法瞬間被她被緊身褲覆蓋的臀部吸引目光——但庫法無暇注目，梅莉達健康結實的大腿便銳利地彎起。庫法反射性地將上半身往後仰，梅莉達雙腳的腳後跟隨即接連劃向他的鼻頭。

「太棒了。」

庫法一邊讚賞著梅莉達流暢的技巧與肉體美，同時輕易地使出一記橫踢。力道控制得恰到好處的腳刀，踹開梅莉達毫無防備地伸直的側腹。

「啊咕……！」

特技般的動作雖然很適合用來威嚇或牽制，但同時也會露出更大的破綻。滾落在草地上的梅莉達，在被計入一次失敗前，採取護身倒法，跳起身來。

梅莉達將不屈不撓的鬥志灌注到拳頭裡，再次宛如弓箭般一蹬地面——

家庭教師「砰！」一聲地輕易按住了她的額頭。

「好，第十次。像這樣著急地進攻，可是會賠了夫人又折兵喔，小姐？」

「啊嗚～！明明只差一點點了～～……！」

儘管額頭被庫法強壯的手心牢牢地按住，梅莉達仍不死心地將雙手揮向前。不過左右兩邊的拳頭只是空虛地在碰到庫法前撲了個空。

從旁人眼裡看來，這簡直就像是小孩子在無理取鬧的樣子……

梅莉達・安傑爾目前有個非常重大的煩惱。在暑假中的頭環之夜那晚懷抱的願望，一直在她內心深處悶燒著。

——真想早日變成配得上老師的淑女！

† † †

以宅邸為背景的後院中央。庫法今天也是以事不關己的表情，重新面向運動服沾滿泥巴的梅莉達。

「那麼，小姐。小姐知道為什麼小姐的拳頭一次也打不到我，反倒是小姐被我恣意毆打的原因嗎？」

「那是因為老師很殘暴！」

「不對。這次的問題並非出在那裡，何況我也不是個殘暴的人。關於這一點，之後再好好地讓小姐明白……咳哼！」

庫法輕咳兩聲重新來過，他舉起食指。

「那是因為小姐並沒有理解到彼此的『間隔』。」

「間隔？」

「對──我舉個最單純的例子吧。」

庫法退後兩三步，接著稍微擺出架勢，揮了記右直拳。拳頭咻一聲地劃破空氣。然後他維持手伸直的狀態前進，將拳頭叩一聲地貼到梅莉達的額頭上。

「好痛！」

「這個距離。這個距離是我的右直拳最能發揮出威力的間隔。我會活用雙腳和身體的動作，還有運用刺拳與佯攻，伺機從這個距離使出必殺的一擊。相對的──小姐也請揮一拳吧。」

「是……是的──喝！」

梅莉達也伴隨著可愛的呼氣，先擺好架勢，然後揮出右直拳。

拳頭咻一聲地劃破空氣，在比庫法的攻擊距離短上很多的地方停住了。庫法親自往前移動，讓梅莉達的拳頭與自己的腹部接觸。

「相對的，這個距離就是小姐的間隔。首先必須看透這點，否則在閃避對方攻擊時可能會閃避過頭，白白錯過反擊的機會。」

雙方都解除架勢，再次以直立的姿勢面對面。

「這邊所說的間隔，也就是『對於自己和對方而言有利的領域』。那並非只是單純的攻擊距離。自己的攻擊手段是什麼，對方攻擊的手段是什麼；自己擅長的領域在哪邊，對方不擅長的領域的在哪邊；在不斷變化的狀況與周圍的各種可能性中做出取捨選擇，擊潰對方擅長的領域，推到自己擅長的領域中——這就是所謂的『駕馭間隔』。」

「駕馭……間隔……」

對養成學校一年級學生來說，要上這種實戰性課程還太早，但庫法的學生一如往常，拚命地絞盡腦汁試圖消化吸收這些知識。庫法露出淺淺的微笑，同時繼續給予提示。

「舉例來說，攻擊距離長當然是個優點，但同時也抱有『打點會變遠』這種風險。簡單來說，就是一旦被鑽入懷裡便難以反擊。相對的小姐因為個頭比我嬌小，雖然攻擊距離較短，取而代之的則有『能靈活應變』這項優點。」

庫法在腦海中想像剛才攻防戰的一幕。彷彿花莖從地面伸長，宛如花瓣綻放一般的華麗連續踢，鮮明且強烈地烙印在眼皮底下。

「就這一點來說，第十次的踢技實在非常漂亮。由我的身高來看，從非常靠近地面的距離使出的攻擊相當難以應付。運用小姐的優點戳中了我的弱點，可以說是值得讚賞的一記攻擊吧。」

於是這番話讓梅莉達猛然抬起頭，感興趣地說道：

「原……原來如此！這表示嬌小也有嬌小的戰鬥方式呢！」

她氣勢猛烈地挺身向前，用雙手按住穿著運動服的胸口。目睹到兩座小小的山丘看

似柔軟地改變形狀，庫法有些不知道該往哪裡看才好。

庫法已經因為逼不得已的原因，得知那裡正像個少女一般，成長到十三歲這年齡該有的程度。不過為何要在此時強調那地方呢？

「嗯，對。就如同小姐所說。」

「順……順便請問一下，老師喜歡大的還是小的呢……？」

「咦，這個嘛……我認為兩邊都有各自的優點。」

「原來如此！我會活用自己的武器，好好努力的！」

「……加……加油！」

明明應該是在講戰鬥技術的事情，卻感覺有哪邊牛頭不對馬嘴，這是為什麼呢。儘管微妙地感到不安，庫法仍緊握拳頭，替梅莉達加油打氣。無論如何，有幹勁這點肯定是好事。

就這樣，在課程告一段落後，女僕長彷彿事先約好一般，出聲向兩人搭話。

「小姐，庫法先生。差不多該上學院嘍。」

「好～老師，謝謝你的指導！」

梅莉達彬彬有禮地鞠躬，庫法則是以溫和的笑容回應。女僕長艾咪看似感觸良深地眺望兩人這副光景。

LESSON I

～黃金公主與白銀公主～

才這麼心想，只見她突然拿出手帕，啜泣了起來。

「嗚嗚……居然暫時無法看見這樣的互動了，我好寂寞呀！」

「咦，艾咪妳太誇張啦。畢竟是學校的活動，這也沒辦法呀。」

艾咪這幾天一直是這副德行，因此梅莉達看似傻眼地聳了聳肩。

暑假結束後，聖弗立戴斯威德女子學院開始了新學期。在梅莉達就讀的這間瑪那能力者養成學校，正準備舉辦每年慣例的某個大型活動。

活動的舉辦期間，是從今天起約一個月。像梅莉達這樣住家裡的學生們，這段期間也預定會特別睡在學院的宿舍裡。

當然，負責教育梅莉達且身為侍從的庫法，也會陪她一起住宿。也就是從今天起一個月，梅莉達與庫法不會回這間宅邸，也不會受到在這裡工作的四名女僕們的照料。

從小就一直看著梅莉達成長至今，身為專屬女僕，同時心境宛如姊姊一般的艾咪，每天都淚流滿面地哭訴著那是多麼寂寞的事情。

「居然有一個月都不能摸摸小姐，我整個人都要乾枯了！」

「呼噫……！艾咪，好難受！」

艾咪雙手使勁抱緊小姐，但該說孩子不懂監護人的心情嗎？梅莉達「噗呼！」一聲地掙脫艾咪的束縛，飛奔到宅邸那邊了。

「老師，我立刻去做好準備，請等著我喔——！」

「啊，小姐！今天請讓我好好替您洗背吧～～！」

庫法伴隨著苦笑，目送同樣手忙腳亂地回到宅邸的女僕長。

庫法也有一點同情艾咪，但梅莉達實在太有幹勁了。這也難怪，以梅莉達的角度來看，這是她期盼已久的學校活動。

直到暑假前——庫法被派遣來當家庭教師為止，她大概沒有想像到自己會變得能以這種心情前往學院吧。她一定一邊對周圍輕蔑自己是「無能才女」的視線感到消沉，同時覺得不安，擔心自己即將以憂鬱的心情度過這三年。

但是，至少她現在願意對庫法露出閃耀燦爛的笑容。

既然如此，自己賭上性命應該是有意義的吧，庫法也覺得稍微得到了回報。

† † †

梅莉達與庫法做好上學的準備後，在女僕們依依不捨的送行聲中離開了宅邸。他們並沒有直接前往學院。跟到第一學期為止的一板一眼模範生不同，第二學期開始，梅莉達變得會稍微繞一點路了。

LESSON: I ～黃金公主與白銀公主～

繞路的理由很單純。應該是每個學生平常都會做，很自然的事情。就是與朋友約好碰面。

「讓妳久等了，愛麗！」

歐奇希片路與帕克斯恩德街的十字路口，是她們平常約定碰面的地方。銀髮妖精在瓦斯燈照亮的標誌底下等候著梅莉達。

梅莉達穿著聖弗立戴斯威德女子學院的純白與紅玫瑰的制服，且手持指定書包，以這身完美的姿態飛奔過去，於是身穿同樣制服，等候梅莉達前來的對象也抬起了頭。

原本像是人造品的面無表情，柔和地綻放出讓人看入迷的笑容。

「早安，莉塔。」

「早安，愛麗！嘿嘿，今天真暖和呢！」

梅莉達以親密的暱稱呼喚的銀髮少女，擁有美麗的容貌，與金髮的梅莉達就像是互照鏡子一般。與感情豐富的梅莉達恰好相反，少女的微笑看來夢幻且神祕。少女忽然遞出了左手手掌。

「……走吧。」

「我們走吧！」

兩人緊緊地握住彼此手掌的模樣，簡直就像真正的姊妹。

梅莉達最近變得期待上學，最大的理由是銀髮少女的存在吧。安傑爾分家的堂姊妹愛麗絲．安傑爾……是聖弗立戴斯威德女子學院的一年級學生，且被眾人評為「最強」的天才少女，以前算是廢物的梅莉達曾自然地與她保持了距離。

讓梅莉達來說的話，也是因為庫法的引導，才能夠製造出與原本疏遠的她再次面對面的契機。一問之下得知，兩人能像這樣毫無芥蒂地聊天，其實是自從梅莉達的母親過世之後，已經睽違好幾年的事情。

彷彿要彌補過去分離的時光一般，愛麗絲肩靠肩地緊貼著梅莉達。

這時她忽然轉頭看向後方，目不轉睛地仰望在後方待命的庫法。

「……庫法老師也早安。你今天也是個傑出的行李員呢。」

咕唔——家庭教師忍不住差點表情抽搐起來。

同時也隸屬於騎兵團的現任騎士庫法，身穿平常的暗色軍服打扮，搬運著兩人份的長期住宿用行李箱。從旁人眼裡看來，是有點大包的行李。話雖如此，但侍從的使命就是承接主人所有的負擔。

庫法也不認輸地回以優雅的微笑。

「早安，愛麗絲小姐。只要想到這是小姐信賴我的證明，便深感榮幸。」

「老師真可靠！」

這時梅莉達坦率地露出開心的表情，相對的，愛麗絲則是低聲碎唸。

「咕唔……還真是棘手。」

愛麗絲不悅地將臉撇向一旁，拉著梅莉達的手前進。庫法在這對堂姊妹的後方保持一定距離走著，同時輕輕聳了聳肩。

自從在暑假中的頭環之夜擔任梅莉達的舞伴之後，愛麗絲就屢次表現出這種態度。庫法在愛麗絲面前，明明總是只有表現出親自護衛梅莉達的紳士般態度，究竟為何會被警戒成這樣呢？

「呃——咳哼，咳哼！」

就在這時，某人伴隨著刻意的咳嗽聲走到庫法身旁。

是個裝扮宛如時尚模特兒一般華麗，腦袋裡面也裝滿天真想法的少女。她是蘿賽蒂・普利凱特，跟身為梅莉達家庭教師的庫法同樣，負責擔任愛麗絲的家庭教師，是前途無量的「一代侯爵」。

簡直就像有備而來一般，她得意地豎起食指。

「該怎麼說呢，就像那個呢。像這樣每天陪小姐們上學，我們也會產生『年輕太太協會』那種團結意識——」

「怎麼想都不可能吧。」

「真是的，為～什麼呀！」

蘿賽蒂一臉非常不滿的態度，怒不可遏地這麼說道。

她揮舞著塞滿東西，鼓鼓的旅行包，庫法則是一臉事不關己的表情回答：

「我說過好幾次了吧。身為本家與分家的家庭教師，我和妳的關係是競！爭！對！手！我們不能過度熟稔。」

「有什麼關係嘛～小姐她們本人都感情那麼好啦！」

蘿賽蒂以極為不敬的動作猛然指向前方。儘管看到公爵家千金們感情融洽地有說有笑，庫法仍是一臉無奈地將手貼到額頭上。

「……即使我們和小姐們不在意，也要看委託人會怎麼想啊。愛麗絲小姐的宅邸裡也有神經質的人吧。」

「啊……嗯，的確。」

「結果奧賽蘿女士這一個月會怎麼行動呢？」

蘿賽蒂一臉無奈，誇張地聳了聳肩。

「她似乎成功地把自己的名字擠進寄宿者名單中嘍，真是可靠呢。她好像很擔心交給我一個人照顧愛麗絲小姐。」

「看來會是很愉快的一個月呢。」

「說得沒錯。」

唉——庫法與蘿賽蒂齊聲嘆了口氣，從旁人眼裡看來，就像是為了與鄰居的交流感到煩惱的年輕太太們一樣。

不知不覺間已經往前走了好一段距離的梅莉達與愛麗絲，以讓人感覺不到任何憂愁的笑容，朝這邊揮了揮手。

「老師——！蘿賽蒂大人——！我們要丟下你們先走嘍——！」

庫法與蘿賽蒂交換了一下視線，彷彿事先商量好一般露出微笑。

「就算立場不同，我們的使命也只有一個。」

「就是守護小姐愉快的學院生活呢。」

兩名家庭教師重新拿穩沉重的行李，堅定地邁出了步伐。

† † †

聖弗立戴斯威德女子學院的廣大校地內，還有許多庫法尚未涉足的地方。例如被學生們稱為「廢校舍」，堵住校地深處區域的牆壁對面，也是其中之一。

無論何時經過，總是拴著厚重門閂的那地方，從大約一週前就大方地對外開放。庫法和梅莉達等四人，鑽過那道即使已經造訪過好幾次，至今仍會給人帶來新鮮感的神祕之牆。

在前方等候著他們的，是玻璃打造的巨大宮殿。

以裝飾和燈光為首，從天花板到牆壁、地板和柱子，所有部分都是以玻璃構成的那棟輝煌建築物，讓瓦斯燈的亮光穿透，吸收到內部，讓亮光縱橫反射著，散發著宛如藍寶石一般的神聖光輝。

所謂美得不像這世上的光景，就是指這麼一回事吧。

「好漂亮……」

梅莉達發出幾乎成了每天早上習慣的感想，邁出步伐。

宮殿的正門有兩座仿造女武神(Walküre)的玻璃雕像。全長大約五公尺吧。那是巨大到得抬頭仰望，而且連細節也製作得十分精巧的藝術品。

讓人更驚訝的是——就在梅莉達與愛麗絲正要鑽過門的那一刻，玻璃雕像們演奏起清澈的音色，**改變了姿勢**。雕像從兩側高高地交叉玻璃製的劍，阻止少女們接近。

彷彿從水底傳來的聲音，從女武神們的喉嚨發出，響徹周圍。

「無論是誰，都不能允許未獲得許可者進入宮殿！」

「倘若想進入宮殿，就展示出獲得許可者的證明吧！」

LESSON I ～黃金公主與白銀公主～

梅莉達與愛麗絲互看了一下彼此，然後灌注力量到纖細的全身。

瑪那的火焰以驚人的猛烈氣勢，幾乎是同時從兩人的全身往上噴起。梅莉達是高貴的黃金色火焰，愛麗絲則是神祕的白銀色火焰。

兩個女武神從頭盔底下，以透明的視線俯瞰兩人。

「……一年級學生，梅莉達・安傑爾。同樣是一年級學生，愛麗絲・安傑爾。」

「妳們的瑪那已經登記在名冊上。允許妳們進入宮殿！」

女武神們恢復原本的姿勢，兩把玻璃劍發出宏亮的聲響分離。梅莉達與愛麗絲對彼此微笑，然後平息瑪那，邁出步伐進入門裡。

然後庫法與蘿賽蒂也打算跟在她們後面進門時——

咔鏘————！立刻交叉的玻璃劍阻擋了兩人的去路。

「不能允許未獲得許可者進入宮殿！」

「倘若想進入宮殿，就展示出證明吧！」

女武神們重複了一模一樣的言行。梅莉達與愛麗絲連忙折返，分別拉起各自家庭教師的手，向女武神訴說：

「那個，他們是我們的親屬。請放他們進來。」

「……既然獲得許可者允許，我們也不得不允許。」

「好。就允許你們進入宮殿吧！」

玻璃劍發出咔鏘聲響分開，這次四人一起順利通過了門。

「一個星期嘍！」

一進門裡，蘿賽蒂便像是忍受不了似的大叫。

「她們也該記住我們的長相了吧？」

「算啦，要是能那麼通情達理，就當不成守衛了。」

與那些玻璃守衛的爭執也已經成了慣例。雖說是梅莉達她們的侍從，但並非學院學生，也不是講師的庫法和蘿賽蒂，並沒有登記瑪那的資料。

這時，蘿賽蒂忽然察覺到什麼似的，飛奔回門口。

「……欸！名叫奧賽蘿女士的人，今天已經通過這裡了嗎。她跟我們一樣沒有登記瑪那的資料——倒不如說，她也不是瑪那能力者耶。」

守衛們伴隨著「鈴」的清澈聲響，改變脖子的角度，俯瞰蘿賽蒂，

「……妳已經被允許進入宮殿！」

「儘速通過門吧！」

「根本不能溝通啊。」

對於只會回應固定台詞的玻璃雕像，蘿賽蒂失望地垂下肩膀。庫法則是一臉事不關

己地呼喚她。

「如果她有事要進來，應該會就近找一位講師幫忙吧？」

「這麼說也是呢。我們走吧。」

無論如何，因為梅莉達與愛麗絲也是慢慢地邊聊邊走，已經快到上課時間了。一行人爬上正面的大樓梯——當然也是玻璃打造的——造訪舞蹈廳時，已經有眾多女學生聚集在那裡了。

從十三歲到十五歲的三個學年加起來，學生總數大約三百人。就如同女子學院這名稱，在場男性只有庫法，著實是個百花爭妍的空間。

格外高大的軍服裝男子一出現，待在門附近的少女們便優雅地發出「呀啊」的聲音，一片譁然。庫法早已是讓大部分女學生感興趣的知名人物了。

庫法一視同仁地回應所有投射過來的視線，同時跟著梅莉達她們到舞蹈廳左側。前往宛如雛鳥般的一年級學生聚集的角落。

「好像趕上了。太好了……擔任講師的老師們也已經到嘍。」

梅莉達稍微調整呼吸，這時有個一年級學生集團經過她眼前。

「……啊。」

梅莉達的嘴唇發出感覺有些尷尬的聲音。

帶著三個跟班，一言不發地看向這邊的少女，是將栗子色捲髮綁成雙馬尾的同班同學涅爾娃．馬爾堤呂。涅爾娃是過去把「無能才女」梅莉達當成標靶霸凌的人，而且在上學期的公開比賽中，她被梅莉達還以顏色，打得落花流水，如果這麼說明兩人的關係，任誰都能理解氣氛會這麼緊張的理由吧。

「……早安，梅莉達。」

「早……早安。」

兩人互相打了最起碼的招呼後，涅爾娃便帶著跟班離開了。

梅莉達一臉難以言喻的表情目送著她們離開，庫法悄悄地對梅莉達耳語：

「小姐。在那之後，涅爾娃小姐還會挖苦妳嗎？」

「不會。自從邁入新學期後，我們也沒什麼機會碰面……」

梅莉達有一點寂寞似的笑了。

「我覺得她已經不想再跟我扯上關係了。」

就在這時，沉重莊嚴的聲音響徹周圍，舞蹈廳的玻璃門關上了。

原本在聊天的女學生們也迅速地安靜了下來。在鴉雀無聲的氣氛中，一名女性從學院講師們並列的隊伍裡走了出來。

銀白的頭髮與有著明顯皺紋的臉龐。感覺女性應該相當年邁，但她背挺得筆直且高

LESSON I
～黃金公主與白銀公主～

大，纏繞在她身上的氛圍宛如大樹一般。該說是老練的魔女嗎。她拖著讓人感受到威嚴的長袍下襬，在女學生們的注視之下走向前方。

她是聖弗立戴斯威德女子學院的學院長，夏洛特．布拉曼傑。

學院長浮現出將年齡轉換成魅力的爽朗笑容，對女學生們呼喚道：

「各位同學，大家都到齊了吧。早安。各位期盼已久的瞬間，終於就要在明天到來了。就是本年度的『月光女神選拔戰』！」

就彷彿一流音樂家愛用的小提琴般低沉穩重的聲音響徹在大廳內。學院長用她細小的眼眸，均等地環顧三百名女學生們。

「就如同各位所知，這是與姊妹校聖德特立修女子學園一起舉辦的共同活動。每校會選出兩名候補生，讓她們競爭三場考驗，然後由所有學生的投票來決定出最符合『月光女神（Luna Lumière）』稱號的候補生。」

女學生們忐忑地扭動著身子。她們早已因為期待染紅了臉頰。

學院長彷彿覺得這氣氛很有趣似的，浮現孩子般的笑容。

「當選月光女神的候補生，在往後一年，將會以最模範的淑女身分獲得兩校學生的尊敬吧。這是非常榮譽的職務。那麼，我們講師群持續開會了好幾個月，討論適合今年選拔戰的舞臺。然後這次——」

學院長停頓了一下，她張開雙手，抬頭仰望宛如藍寶石般的天花板。

「決定開放這座玻璃宮殿，『葛拉斯蒙德宮（Glasmond Palace）』。」

哇啊！女學生們優雅地歡聲沸騰，講師群也笑瞇瞇地在旁看著。

「這座宮殿也是地下大迷宮『畢布利亞哥德』的入口，平常會嚴密地封閉著。不過，在值得紀念的第五十屆選拔戰，管轄畢布利亞哥德的拉．摩爾家願意特別許可我們進入。不過通往迷宮的入口本身依然封鎖著──請各位千萬不要試圖去撬開聳立在地下迴廊盡頭的門扉。明白吧？」

學院長的聲音嚴肅起來，女學生們露出緊張的表情。

彷彿調整快慢的指揮家一般，學院長加上肢體動作繼續說道：

「一般認為，這間葛拉斯蒙德宮是弗蘭德爾建造出來時的遙遠古代遺產。換言之，表示這並不是活在現代的我們能夠掌握一切的事物。配備在宮殿裡面，會自行動起來的神祕玻璃人偶──『玻璃寵物』等物品，可說是最具代表性的東西吧。」

庫法想起看守著正門的守衛們身影。學院長繼續演講。

「如果在宮殿裡迷惘該怎麼行動時，也可以向他們徵詢意見。他們已經和我們約定，會以好鄰居的身分協助這場選拔戰──那麼，德特立修的代表學生們，大約在今天中午會到達這邊，本學院將會徹底『鎖城』。要確實做好歡迎她們的準備，沒問題吧。

LESSON: I

～黃金公主與白銀公主～

「今天就是選拔戰最後一天的事前準備，到了最後階段！各位同學請加油。那麼解散！」

學院長高聲地替演講作了個總結，大廳一下熱鬧了起來。

大家都前去進行分配給各年級各個團體的工作。大半學生慌忙地離開大廳，幾十個學生則因為某人的號令聚集起來。

梅莉達首先與愛麗絲會合，然後前往舞蹈廳靠陽臺部分的一角。她們的工作是製作與裝飾刻有弗立戴斯威德候補生名字的彩繪玻璃。

她們與同樣是一年級的學生，還有二、三年級的學姊聚集起來，勤奮地進行作業的最終階段。大家互相提出意見進行設計，製作版型，切割玻璃並黏接起來，最後在原創彩繪玻璃上打蠟，就大功告成了。

庫法在旁看著梅莉達細心地揮動刷子的模樣，同時提問道：

「小姐。所謂的月光女神選拔戰，具體而言要做些什麼呢？」

「呃，也就是說……要選拔出月光女神吧。」

庫法用難以言喻的視線看向梅莉達，於是梅莉達一臉慌張地抬起了頭。

「我……我也是今年才剛入學的，所以不是很清楚學院長沒提到的事情。」

「那麼，我來代替妳回答吧。」

這時，有個人物從旁插嘴。

是在大廳監督所有人作業的三年級學生。那名女學生留著一頭弧度平緩的波浪捲白金髮。梅莉達嚇了一跳，不禁停下了進行作業的手。

「克……克莉絲塔學生會長！」

庫法也曾見過那少女好幾次。她是聖弗立戴斯威德女子學院現任學生會長，克莉絲塔・香頌。她集會時站在臺上，還有學院活動時統整學生們那獲得講師群信賴的身影，讓庫法印象深刻。

克莉絲塔會長對於比她年長且高大的庫法，也毫不膽怯地正面相對。

「要在選拔戰做什麼，一言以蔽之，就是『祕密』。」

「哦？」

「就像學院長說的一樣，選拔戰設有三個考驗，但為求公平，考驗的內容每年都不一樣，到選拔戰開始前，就連出場選拔戰的候補生們都不清楚詳情。依照選拔戰的慣例，只會通知候補生們『事先選出同生共死的搭檔，與兩名能夠信賴的小組成員』喔。」

庫法將手指抵在尖尖的下顎。

「小組成員……這表示其中一個考驗可能是小組之間進行比賽？」

「對。但關於剩下兩個考驗，則是完全的未知數。也就是說直到選拔戰開始為止，知道詳情的只有構思出考驗的學院長一個人而已。」

LESSON: I

~黃金公主與白銀公主~

但是──克莉絲塔會長停頓了一下，同時垂下視線。

「我可以斷言無論是怎樣的考驗，都會是非常嚴苛且危險的內容。畢竟本校與聖德特立修是瑪那能力者的養成學校。這可是要選拔出作為代表的學生。這次是我第三次參加選拔戰，但無論哪一年……都展開了非常嚴峻的攻防戰呢。」

「原來如此。然後透過她們努力突破考驗的身影，由大家投票決定四名候補生當中，誰最適合擔當代表學生──月光女神是吧…………且慢。」

這時，庫法像是忽然察覺到什麼似的露出疑惑的表情。

「在選拔戰的期間，聖德特立修的學生會全部留宿在這裡嗎？」

「不會。照理說是三學年合計約五十名的學生，作為德特立修的代表來到這裡。雖然候補生人數是很平等地各兩名。」

「不過，這樣要進行選舉的話……」

梅莉達似乎領悟到庫法想說的話，她探出身子說道：

「沒錯，一般來說是主辦方的學校壓倒性地有利。因為大家都希望自己學校的學生成為女神嘛。但是去年在德特立修舉辦選拔戰時，弗立戴斯威德的學姊毫不在乎那樣的不利條件，當選了月光女神！」

「「「神華學姊！是我們的憧憬！」」」

梅莉達的同班同學們聽到這番對話，都一臉陶醉地眼神閃閃發亮。

「儘管身為受招待方的候補生，卻獲得兩校學生壓倒性的支持，獲得月光女神寶座的神華學姊！」

「而且是在二年級時達成這項豐功偉業，讓人除了驚訝還是驚訝！」

「據說與她勢均力敵的對手是弗立戴斯威德的前任學生會長，所以去年實際上算是一面倒的比賽呢……！」

「咳哼！」

克莉絲塔會長輕咳了一下，女學生們連忙回到打蠟作業上。

克莉絲塔會長一邊撩起白金髮絲，一邊也看似得意地挺起胸膛。

「嗯，這就像是已經決定好弗立戴斯威德會連續兩年奪冠了呢。雖說還不曉得『是誰』會當選。」

她瞄了一眼手工製的彩繪玻璃。

點綴著弗立戴斯威德候補生名字的彩繪玻璃上，除了「神華・茲維托克」之外，還威風凜凜地刻著「克莉絲塔・香頌」的文字。

庫法與她看著同樣的東西，浮現出和藹的笑容。

「我替妳加油，香頌小姐。」

「哎呀，那還真是幫了大忙。那麼請收下這些。」

她若無其事地這麼說道，將好幾個物品一股腦兒地拿給庫法。

是燈、金屬零件和工具。庫法不禁發出愣愣的聲音。

「這是？」

「請把燈放在背景，把彩繪玻璃裝飾在醒目的位置喔。那邊有梯子，我會給予指示——我很仰賴你喔，老師。」

「哎呀，我什麼時候成了弗立戴斯威德的學生呢？」

「別在意那種小事啦。畢竟是貴重的男丁，要請你勤奮地工作喔。」

要是發太多牢騷，感覺會被她踢屁股，因此庫法無奈地重新扛起工具，跟在她後面行動。「真敗給她了呢。」庫法這句低喃讓好幾個女學生笑了。

庫法按照克莉絲塔會長宛如鞭子一般犀利的指示，設置好燈，固定彩繪玻璃，再用厚重的布幕遮蓋起來。所有人一起完工的大型彩繪玻璃被裝飾起來，三個年級的女學生們都發出「哇啊！」的讚嘆聲。

「這麼一來，要讓德特立修學生大吃一驚的準備就萬全了呢。」

克莉絲塔會長仰望刻在彩繪玻璃上的自身姓名，看似滿足地低喃。替最後一片玻璃蓋上布幕後，分配給梅莉達等人的作業便順利結束了。

「同生共死的搭檔，還有能夠信賴的小組成員嗎……」

梅莉達仰望蓋在彩繪玻璃上的布幕，彷彿在作夢似的喃喃自語。她或許是在幻想明年或後年，自己成為選拔戰候補生的樣子吧。

梅莉達的視線稍微瞄向庫法這邊，因此庫法立刻像平常那樣回以微笑。梅莉達的臉頰驀地泛紅，一臉慌張地別過臉去。

「對……對了。說到小組，那個——……呃，愛麗！」

聽到梅莉達下定決心似的呼喚自己，愛麗絲用平常的面無表情驚訝地歪頭表示疑惑。梅莉達吞吞吐吐，忸忸怩怩地交纏手指，接著說道：

「聽……聽我說，我現在脫離了涅爾娃的小組……所以沒有隸屬於任何小組喔。公開賽時雖然請尤菲讓我加入她們小組，但那是特殊情況，所以說那個……」

愛麗絲不明白梅莉達想說什麼，她的頭愈偏愈歪了。

梅莉達緊張地吞了吞口水，像是在察言觀色似的仰望堂姊妹的臉。

「方……方便的話，可以讓我加入愛麗的小組嗎……我說說而已啦。」

「咦……」

「我……我不會勉強妳啦！畢竟我跟愛麗一組，那個，能力值也有差距。可……可是，如果能跟愛麗一組，我覺得一定很棒——」

LESSON: I

～黃金公主與白銀公主～

「愛麗絲小姐，梅莉達小姐。恕我冒昧。」

帶刺的聲音插入兩人之間。

她是何時來到大廳的呢？出現在梅莉達她們身旁的，是眼神彷彿烏鴉一般神經質，穿著圍裙裝的女性。她是在愛麗絲的宅邸擔任女僕長的幹練傭人，奧賽蘿女士。

她凜然地挺直宛如鋼絲般的全身，以冰冷的眼眸俯視梅莉達。

「抱歉，請容我說句話。據我所知，所謂的小組應該是指一同對抗藍坎斯洛普和種種苦難的戰友。就我的眼光來判斷，梅莉達小姐要擔任愛麗絲小姐的小組成員，是否太吃力了一點？」

「妳是要她認清自己有幾兩重？說服力果然不同，我現在也是一樣的心情。」

彷彿不想輸給宛如愛麗絲背後靈的奧賽蘿一般，庫法也往前走到梅莉達身旁。

奧賽蘿像是現在才注意到一樣，非常刻意地表現出驚訝的演技。

「是梵德立克先生啊。原來你也留宿在這裡呢。」

「我叫梵皮爾。倒是妳老人家身體不要緊嗎，奧客斯女士？」

「我叫奧賽蘿。不勞你掛心。」

儘管兩人針鋒相對地迸出激烈的火花，臉上仍舊保持笑容，互不相讓。

奧賽蘿將手搭到愛麗絲的肩上，宛如烏鴉的爪子一般使勁一抓。

「總之，愛麗絲小姐。請您好好自覺到您自身的立場，慎重地挑選增進感情的對象。既然是『聖騎士』的小組成員，也會被要求具備符合這位階的品格。拙劣的僕人根本無法幫您開路。」

「慢……慢點，奧賽蘿女士！」

身為愛麗絲侍從的蘿賽蒂慌忙地插嘴。因為奧賽蘿女士以尖銳的聲音在說這些話，就連周圍的女學生們都聽得一清二楚。

「我不是說那種講法不太好嗎，現在也有其他女孩想與愛麗絲小姐一組喔。」

實際上，已經有好幾個一年級生一臉尷尬地在意著這邊。對於難得表露出不快感的蘿賽蒂，奧賽蘿女士看似不愉快地扭曲了嘴唇。

「會因此退縮，就是感到內疚的證據吧！」

她更高聲地留下這句話後，便像逃走似的離開舞蹈廳。

蘿賽蒂氣憤難平，梅莉達委婉地拉了拉她的袖子。

「那個，老師們，沒關係的！是我不好。」

梅莉達用周圍的一年級生也能聽見的音量這麼說道，對愛麗絲露出硬擠出來的笑容。

「對不起喔，愛麗，沒什麼！忘了我剛才說的話吧。」

LESSON: I ～黃金公主與白銀公主～

同學們裝作不感興趣的樣子，不自然地移開視線。

「…………」

然後愛麗絲從剛才開始，就一直是看不出感情的面無表情。

她堆積在內心的話語，一定只有本人才能窺見。

「各位同學，德特立修的學生蒞臨嘍！」

這時，像是要吹飛沉重氣氛的聲音響徹在大廳內。女學生一同飛奔到窗邊。庫法也跟著眺望窗外，然後他看見了。

看見可愛的軍隊遊行，越過「廢校舍」的牆壁前來的光景。

「那就是聖德特立修女子學園的……」

那鮮明亮眼的制服裝扮，絲毫不遜於聖弗立戴斯威德。人數從一年級到三年級，大約是五十人左右。每三人並肩排成一列，以井然有序的隊伍沿著通往玻璃宮殿的道路前進。每個人的一舉一動，彷彿從頭到腳都十分優雅高尚。

感覺反倒是看的這邊緊張起來，周圍的少女們緊張地倒抽了口氣。

「幫她們帶路的……是神華學姊呀！」

就如同某人出聲說的一樣，遊行隊伍的前頭有一個穿著弗立戴斯威德制服的身影。

那人個頭高挑，身材出眾。華麗的頭髮柔順地留長到腰際。她的氛圍莫名地讓人聯想到

「大家閨秀」這個詞彙。

「那也是身為月光女神的職責。」

克莉絲塔會長在人牆後面雙手交叉環胸。庫法稍微轉頭看向她。

「選拔戰不是從明天開始嗎？」

「是那樣沒錯，但受邀的一方也需要做些準備。首先要請德特立修的每個同學登記瑪那資料，以便進入葛拉斯蒙德宮，還有接受講習，了解在弗立戴斯威德的生活——各位同學聽好嘍，今後一個月，無論早上、中午、晚上都會與她們一同生活，因此請大家留意自己的言行舉止，千萬不要被德特立修的學生小看了——」

說到這邊後，克莉絲塔會長「咳……咳哼！」地清了清喉嚨。

「記……記得繃緊神經，別在她們面前出洋相。」

「各位同學！聽說弗立戴斯威德要『鎖城』了！」

一名女學生大大地打開舞蹈廳的門，氣喘吁吁地前來告知消息。瞬間，周圍的少女都發出「哇！」的歡呼聲，從舞蹈廳飛奔而出。

「老師，我們也去觀賞吧！」

梅莉達也一副雀躍的模樣，拉著庫法的手。在衝向大門的女學生們後方，一個人被留下來的克莉絲塔會長，看似不滿地踩著地板。

LESSON I
～黃金公主與白銀公主～

「有沒有哪個模範生在聽我說話呀！」

† † †

或許是聽到了傳聞，幾乎所有女學生都聚集在學院城門前。梅莉達和庫法等人從最後面會合時，似乎是特地等學生來參觀的布拉曼傑學院長以宏亮的聲音對集團喊道：

「歡迎各位同學不惜中斷選拔戰的準備，特地前來參觀。就如同大家所期待的，本學院即將進行『鎖城』。」

學院長還是看似愉快地笑著，同時重新面向城牆。

城牆的高度與廣闊的校地成正比，大約有五十公尺高吧。至於出入口，只有三百名女學生每天早上都會通過，像是隧道的一道城門。

「在值得紀念的月光女神選拔戰第一次舉辦時，某個犯罪集團企圖把聚集起來的貴族千金當作人質，勒索贖金。話雖如此，這裡可是瑪那能力者的養成學校，那些愚昧之徒束手無策地被擊退，事件本身防範於未然──不過在那之後，選拔戰期間中布下連一隻老鼠也進不來，宛如銅牆鐵壁般的警備一事，就成了慣例。」

學院長高聲解說後，再次呼籲女學生集團：

「這道城牆也跟葛拉斯蒙德宮一樣，是古代遺產之一。城牆的防禦會反彈來自外界的事物，並將試圖離開內部的事物徹底封印住。只要一度進行『鎖城』，今後一個月，縱然是身為學院長的我，也不可能打開門。我們已經在學院裡充分準備好生活所需的物品——各位同學，你們應該沒有東西放在家裡忘了帶吧？」

學生們沒有回應。大家的眼眸都因為期待而閃閃發亮。

學院長那有著醒目皺紋的臉露出微笑，她面向城牆，咻地揮了揮手指。

「很好。那麼要暫時與外界道別了——『鎖城』！」

「鎖城————！」

收到指示的一名講師，在城牆的內側啟動了某個裝置。

一瞬間，原本敞開著的隧道大門，緩緩地動了起來。兩扇門扉從兩邊同時關閉，轟……彷彿迴盪在體內的聲響遍布地面。

緊接著，以門為中心，好幾波驅動聲響重疊起來。可以得知好幾個鑰匙在城牆內側連續上鎖。齒輪動起填補空隙，門閂落下擋住壓力。類似旋律的金屬聲響，宛如波浪一般，從門往左右兩邊，往上方擴散開來——

那聲響繞了一圈後，淡淡的火焰隨即包圍住城牆。

從藍變紅，然後從黃轉綠，變化著色彩的那火焰，就宛如彩燈一般。那幻想般的光景，讓女學生們發出「哇啊……！」的平靜歡呼聲。

從內側眺望的景色十分精彩，不過從城牆外觀賞的話，也相當壯觀吧。而且這火焰並非只是神聖，庫法可以透過眼睛與肌膚，感受到它發揮著出奇的守護力。恐怕就連庫法在暑假中對戰過的那個怪物……擁有「到達臨界點（Counter Stop）」這別稱的幽靈奇美拉的衝撞攻擊也會反彈回去吧。

換言之，這表示從現在起的一個月內，無論是誰，都無法來這間學院上學或放學——無法潛入也無法逃離了。

學院長轉頭看向學生們，以彷彿孩子一般天真無邪的笑容說道：

「那麼，各位同學！從現在起一個月，盡情享受這場嘉年華吧！」

女武神

種族：玻璃寵物

HP	750	防禦力	150	敏捷力	500
攻擊力	500				

特性

宮殿的守護者／玻璃的記憶

概要

守護葛拉斯蒙德宮正門的最強玻璃寵物。
兩隻女武神本身各自是正門左右兩扇門扉的「鑰匙」，沒有她們的允許，無論是誰都無法進入或離開宮殿。
她們的能力值足以匹敵騎兵團一線級的戰士們，可惜的是她們的活動範圍僅限於正門附近。無法轉做其他用途，例如防衛藍坎斯洛普的攻擊等等，實在令人感到遺憾。

LESSON:Ⅱ ～聚集在鎖城的少女與少女～

LESSON：Ⅱ　～聚集在鎖城的少女與少女～

這是月光女神選拔戰前一晚的事情。

這一天，宿舍的談話室充斥著睡衣打扮的女學生們。有原本的住宿生，與這次特別分配到房間，從自家來上學的團體。還有專程遠道而來，聖德特立修女子學園的代表者……這麼多人留宿在學院，是很難得的經驗。而且明天就是選拔戰。女學生們似乎全都難以入眠，即使時鐘的指針過了九點，大家還是意猶未盡，聊個不停。

「學院長可沒有說妳們可以這麼放肆喔！」

擔任舍監的修女前來怒吼，少女們才總算起身回到各自的房間。原本在泡紅茶給主人喝的庫法，也手腳俐落地收拾茶具。

「那麼，老師晚安。謝謝你的紅茶。」

「蘿賽老師也晚安。」

「晚安，小姐們。明天早上我會前去迎接。」

穿著女用睡衣的梅莉達與愛麗絲向家庭教師們道晚安後，兩人也手牽手離開談話室。收拾完四人份的茶杯時，還留在談話室的只有庫法與蘿賽蒂兩人，以及擔任舍監的修女。

「雖然兩位並非學院的學生——」

修女說了這樣的開場白後，用力地抓住庫法的肩膀。

「但既然要在宿舍生活，就要請兩位遵守規律。兩位是具備良知的現任騎士，我當然相信你們與本校不成熟的小鳥們不同，是傑出的大人……沒問題吧，請兩位千萬別做出『放肆逾矩』的行為。」

修女好幾次拍了拍庫法的肩膀後，才總算轉身離開。

要說這是在講什麼，就是宿舍的房間分配。聖弗立戴斯威德的學生宿舍，基本上是雙人房。然後目前為了容納平常並非住宿的學生以及聖德特立修的來訪組，並沒有多餘的房間。

而且還有突然硬擠進來的「神經質的烏鴉」堅決拒絕與別人同房，因此庫法和蘿賽蒂必然得共處一室。

當然，他們也可以選擇與各自的學生同房，不過——

「看到小姐們那麼高興的樣子……」

「就不忍心拆散她們呢。」

LESSON: II

～聚集在鎖城的少女與少女～

兩位家庭教師相視而笑。

梅莉達與愛麗絲在回到自己房間後，一定也會在同一張床上鑽進被窩，繼續聊到擋不住瞌睡蟲為止吧。庫法與蘿賽蒂非常明白對於這幾年來變得疏遠的她們而言，此刻是多麼難以取代的時光。

庫法與蘿賽蒂一同前往宿舍塔上面的樓層，那裡有分配給他們的房間。

確認房間號碼並打開門鎖後，裝飾著古董家具的客廳兼寢室迎接兩人到來。那格局與飄散著高級感的空間，彷彿讓人被迫重新認識到這裡是千金小姐學校這件事。

「好棒！好寬敞！床鋪！軟綿綿！我是公主────！」

蘿賽蒂吶喊著神祕的暗號，跳到兩張床鋪中位於左邊的床上。那幼稚的模樣完全辜負了修女的期待。

庫法拿著自己的行李箱，順便拎起蘿賽蒂的皮包，也進入房間裡。確認設備之後，令人驚訝的是，各個宿舍房間似乎都備有廚房和浴室。

「這裡是比聖王區的自宅更加奢侈的空間啊。」

「嘿嘿，我一直很嚮往這種生活呢～」

蘿賽蒂躺在床上，一臉幸福地傻笑。

「因為我沒辦法上學，所以一直很羨慕這種生活呢。該怎麼說呢？像是與同班同學一起做些什麼，或是在學校過夜……」

「我有同感。希望——」

能夠以不是局外人的身分，置身在這個世界裡。

庫法立刻把差點吐露出來的真心話吞了回去。

身為騎士公爵家梅莉達．安傑爾的家庭教師的自己，終究只是表面上的模樣。

庫法其實是以眾多骯髒工作為業的黑暗組織「白夜騎兵團」派遣來的暗殺教師(Agent)，對於這樣的庫法而言，這是他幾乎已經放棄的學校生活。要是抱有更多的期望，未免太過奢求。縱然是以局外人的身分，庫法也必須感謝小姐，把自己帶到洋溢著光芒的這個場所來——………

就在這時。

有個非常不適合這高雅空間的東西，映入庫法的眼簾。

是放在窗邊，非常小的物體。那是將紙片折疊好幾層，仿造成手心大的動物。無論怎麼想，都不是當成日用品擺在那裡的東西。

那是以漆黑筆記折出來的鳥。

「——」

感情從庫法的眼眸消失，他一言不發地撿起那黑色的鳥。

LESSON: II
～聚集在鎖城的少女與少女～

他認得——直接連結到記憶深處，陰鬱的感情伴隨著濃厚血腥味湧現。烏喙彷彿低語著，要庫法想起自己原本應該存在的場所。

「白夜使者」從黑暗當中對庫法招手。

「——嗯，那是什麼？」

蘿賽蒂突然注意到情況有異，抬頭仰望著這邊。庫法以背影回答。

「是摺紙。」

「摺紙？」

庫法使勁一握，將鳥捏成廢紙，轉過身去。他靠近訝異地瞠大了眼的蘿賽蒂，將一邊膝蓋壓到蘿賽蒂躺臥的床上。

庫法整個人覆蓋住蘿賽蒂，抓住她的肩膀，於是一直瞠大眼睛的蘿賽蒂滿臉通紅。

「咦……什麼？」

「蘿賽蒂小姐，我有事要拜託妳。」

「不不不……不行啦！修女不是說那種事不行嗎！分寸！規律！具備良知的大人！我也需要有心理準備啊！」

「不，現在是分秒必爭。而且這應該也對妳有幫助……」

「噫……！」

庫法以認真的眼神拉近距離，蘿賽蒂的全身抽搐。她從近距離仰望庫法的臉，不知為何，彷彿下定決心似的緊緊閉上眼睛。

庫法以為自己的覺悟傳達給蘿賽蒂了，他用更為顫抖的聲音說道：

「拜託妳，請妳現在立刻——去外面跑一圈再回來。」

「好……好的！…………什麼？」

蘿賽蒂疑惑地注視庫法，那眼神就彷彿從夢中被打醒的少女。

† † †

在幾乎所有留宿者都進入夢鄉，聖弗立戴斯威德女子學院的校地內——

庫法從宿舍塔溜出來，穿過玫瑰庭園，他看著左手邊廣大的迷宮庭園，一邊往前進，沒多久便來到茂密地生長在校舍與城牆縫隙中的森林裡。

暗色軍服融入在夜晚中。此刻的庫法露出了很少讓人看見的表情。跟以「庫法．梵皮爾」身分顯露出的任何表情都不同。沒有展現給主人看的慈愛；沒有對同僚抱持的共鳴；也沒有針對同為家庭教師的競爭對手的諷刺。

清澈的紫羅蘭色眼眸，只是隱含著殺機搖晃著。

最後，從校舍拉開充分的距離後，他慢慢地停下腳步，開口說道：

「——有何貴幹？」

當然，周圍別說是人影，甚至連一隻鳥的氣息也沒有。只聽見似乎很哀傷的蟲鳴聲，一片漆黑且詭異的風景，無止盡地延伸下去。

當然沒有回應這提問的聲音。

取而代之的，有張筆記輕飄飄地掉落下來。

漆黑的紙片從堵住頭上的枝葉某處飛舞下來。

『好久不見。』

以白色墨水點綴著這幾個文字的紙片，輕輕地掠過庫法眼前後，突然被火焰給包圍。筆記只留下不成音色的聲響，逐漸燒燬。

「……果然是妳啊，『布拉克・馬迪雅』。」

庫法看似苦悶地低喃那代號。

只要看過一次就絕不會忘記這奇妙的溝通方法。對方身為庫法隸屬的白夜騎兵團的特工，且是變裝、潛入任務的專家。無論何時都以漆黑的兜帽遮住臉龐，堅持不發出任

LESSON: Ⅱ

~聚集在鎖城的少女與少女~

何聲音，因此即使是從小一起長大的庫法，也完全不曉得她的真面目。

關於她——沒錯，庫法唯一知道的，只有她是個嬌小少女這點。

「真是的……**妳究竟是來做什麼啊**？」

庫法聳了聳肩，同時刻意提出對答案心知肚明的問題。

她為什麼會被送到庫法赴任的這個地方，原因根本想都不用想。因為他們感到懷疑

……庫法是否認真地在執行任務。

『看透梅莉達．安傑爾的資質與血統，倘若她是不適合騎士公爵家的人，是已故母親的私生女——就暗殺她。』

庫法違背了那任務的「一半」，也就是試圖隱蔽梅莉達的出身。

上頭已經察覺到庫法藏著某些祕密……！

該說不出所料嗎？接著飛舞掉落的紙片上，點綴著下列的文字。

『上次的』『報告書』『發現了』『不足之處。』

『你對』『騎兵團的』『忠誠』『遭到懷疑。』

一張寫著一句話的紙片飛舞飄落後燃燒起來，又飛舞飄落並燃燒起來。

就宛如花瓣飛舞一般。

「我只是據實以報，沒有遭到懷疑的理由。」

『你能說』『自己沒有』『隱瞞任何事？』

「真囉唆。」

『既然如此，』『請你提供』『安傑爾的血』『給我。』

庫法的嘴唇僵住了。不等庫法回答，筆記又接連飄落。

『為什麼』『她的瑪那』『至今為止』『都沒有覺醒呢？』

『為什麼』『到了現在』『才突然』『覺醒了呢？』

『有必要』『進行研究。』

『這也是為了後代。』

「別開玩笑了，我目前的身分是安傑爾家的傭人。擔任她的家庭教師，是我目前的第一任務。我無法做出會危害到那立場的行動。」

『那就算了。』

筆記暫且中斷了。這陣沉默讓庫法彷彿看見了少女淺淺的笑。

『我』『自己』『去採取。』『安傑爾她』

『應該是住在』『二〇三號室？』

庫法的右手激烈地一閃。他將手探入懷裡，使勁一揮。

投擲出去的彈片被吸入上空的樹梢，發出金屬聲響。隨後有個黑影降落下來。

LESSON: II
～聚集在鎖城的少女與少女～

輕盈地著陸的，是個嬌小且有著纖細身影的黑衣人。

緊緊覆蓋住全身的黑衣，以及拉低到遮住眼睛的黑色兜帽。無庸置疑地是庫法熟知的白夜騎兵團的同胞，布拉克．馬迪雅。

庫法將手繞到腰上，讓黑刀鏗鏘一聲出鞘。微弱的燈光在沒有絲毫扭曲的刀身上一閃詭異的亮光。黑衣人像是感到有趣似的搖晃著兜帽。

紙片從上空輕飄飄地掉落，她究竟是何時書寫，又是怎樣放出來的呢？

『露出狐狸尾巴了——』『我這麼解釋，』『你無所謂嗎？』

「現在的我是梅莉達小姐的侍從。」我會盡到侍從的職責。」

彷彿在回應一般，馬迪雅也拔出武器。她右手心拎著劍士位階擅長的長劍。

瑪那火焰從對峙的雙方全身激烈地迸出。庫法的是蒼藍火焰，馬迪雅則是宛如鮮血般的紅蓮火焰。未曾有過的壓力互相爭鬥，森林的樹木嘎吱作響。

就在這時，兩人同時抽動一下，抬起了頭。

隨後，不知從何處飛來的兩個圓月輪猛攻馬迪雅。馬迪雅瞬間砍落其中一個，立刻大幅度往後跳。劃過無人空間的圓刃，宛如以磁力連繫著一般被拉回。

輕盈的腳步聲在森林中迴響。紅髮少女用雙手接住拉回來的兩個圓月輪，滑向庫法身旁。

庫法瞬間迷惘該如何反應，在少女靠近的前一刻想起他身為家庭教師的面具。

「蘿賽蒂小姐！……我說過妳可以不用來這裡吧！」

「話……話可不能那麼說呀！畢竟都聽說『有可疑人物』了！」

蘿賽蒂謹慎提防地架起圓月輪，瞪著神祕的黑衣人看。

原本彎下身的馬迪雅，緩緩地站起身。黑色紙片輕飄飄地飛舞掉落，紙片上的話語也映入蘿賽蒂的視野中。

『一代侯爵。』

『跟他一樣』『是安傑爾的』『保母呢。』

「安傑爾……這傢伙該不會是之前綁架小姐們的傢伙的同夥吧？」

緊張竄過蘿賽蒂的全身。黑衣人搖了搖兜帽，表示嘲笑。

『雖然我不知道』『妳指的是什麼事情。』

『不過似乎也能』『從妳口中』『問到許多』『有趣的事情呢。』

火花啪一聲地竄過空間。

驚人的壓力從纖細的黑衣人身影中釋放逼進。宛如從地獄的油鍋噴出的岩漿一般。

庫法與蘿賽蒂也解放所有的瑪那，抵抗這股壓力。三色瑪那扭曲了空間，火花間歇性地爆發。

LESSON: II ～聚集在鎖城的少女與少女～

一張筆記宛如花瓣一般，輕飄飄地降落到黑衣人頭上。

當紙片上的話語烙印在所有人眼中的同時，氣勢猛烈地著火。

『來吧。』

地面在三方爆裂。暗色影子與緋紅影子瞬間在地面上飛馳，從兩側撲向黑衣人。庫法的黑刀無止盡地閃動，馬迪雅的劍勾勒出殘像。激烈的火花在黑暗中綻放，在發出震耳欲聾的金屬聲響的同時，馬迪雅一個後空翻。

「——這裡！」

蘿賽蒂的衣裳彷彿仙女的羽衣一般翻動。她往前翻的同時使出下劈。她一邊迅速地轉換軸心腳，一邊連續使出七次迴旋踢。不過，黑衣人纖細的雙腳屢次踢落蘿賽蒂的攻擊。甚至貫穿到骨頭的衝擊，伴隨著沉重的聲響飛散。

『有一手呢。』『好久沒有』『這麼雀躍了。』

庫法在視野角落捕捉到燃燒掉落的紙片，同時將敵人的劍彈向上方。蘿賽蒂的圓月輪立刻擲向黑衣人變得毫無防備的身體——鏘——！出乎意料的金屬聲響，令蘿賽蒂的鼓膜刺痛。

在圓月輪命中前，馬迪雅一閃的左手，拔出了另一把武器。

是鬥士位階專用的重量武器鎚矛。

「有兩種武器？」

就在蘿賽蒂被攻其不備的瞬間，馬迪雅一蹬地面。暗色影子隨即從後跟上，緋紅影子慢了半拍後，噴灑著火焰並消失蹤影。超高速的影子在黑暗當中來回交錯，在交錯點揮灑炫目的火花。

——中距離戰的話有利！蘿賽蒂反射性地這麼判斷，大幅度往後跳。

看到她在空中拉緊的右手，庫法瞬間驚訝地倒抽了口氣。

「不行，蘿賽！那間隔——！」

警告為時已晚。從蘿賽蒂手心銳利投擲出去的圓刃——

與馬迪雅彷彿照鏡子一般扔過來的圓月輪，在中間點衝撞。

「咦……？」

蘿賽蒂驚訝地瞠大了眼，身體不禁僵硬起來。

往後跳的馬迪雅，在著地的同時更進一步往後退。兩道閃光從急速離開的黑影中閃爍。瑪那子彈隨後飛了過來，蘿賽蒂用單手的圓月輪反彈回去。兩條彈道的速度與粗細各自不同。

馬迪雅拉開了十幾公尺的距離，她這次右手架著槍手位階的左輪手槍，左手架著魔術師位階的長杖。兩種武器的前端各自片刻不停地迸出閃光。蘿賽蒂拚命地持續彈開蜂擁而至的流星雨。

「妳究竟……是怎麼回事啊！」

『我是影子。』『是沒有實體的人喔。』

兩條彈道匯集起來，威力與速度加倍的閃光終於超越蘿賽蒂的反應速度。閃光捕捉到圓月輪的側面，伴隨著金屬聲響，將圓月輪從手心裡彈開。

「啊……！」

馬迪雅將兩樣武器對準變得手無寸鐵的蘿賽蒂。她毫不留情地扣下扳機。多到過剩的光束一股腦兒地衝向蘿賽蒂──

在光束命中前介入其中的庫法，將光束一個不剩地砍落。

刀以彷彿要冒煙的速度躍動，縱橫閃動的刀身濺出火花。魔彈與槍彈朝四面八方胡亂擴散，只有貫穿而來的衝擊波轟一聲地拂動蘿賽蒂的紅髮。

周圍忽然變得寂靜下來。

馬迪雅讓雙手放鬆，只見黑色筆記從上空飄落。

『你』『竟然會』『包庇某人，』『真是稀奇。』

『該不會』『那女孩就是』『之前說的──』

庫法咻一聲地揮動刀，在頭上砍落下一張筆記。

變成兩半的紙片，沒有被任何人看到，就這樣燃燒掉落。

「遊戲到此為止，馬迪雅。妳不想被人看見的話，就撤退吧。」

就在馬迪雅稍微歪了歪頭，表示疑惑的時候。

好幾個白色燈光在森林深處閃爍。同時傳來女性急切的吶喊聲。

「在這邊！蘿賽蒂老師通知我們有盜賊在這裡！」

「驚人的瑪那正互相衝撞……！戰鬥已經開始嘍，快點！」

馬迪雅緩緩地掀起兜帽，眺望慢慢靠近的光芒。

『原來如此。』『是弗立戴斯威德的』『講師們。』

『你算到』『他們』『會來』『是嗎？』

她的臉面向這邊。可以無庸置疑地感覺到她從兜帽的陰影處與自己四目交接。

『竟然』『刻意』『弄成大事件。』

『用這種』『手段』『是鐵了心呢。』

「到城門再次開啟為止，妳最好安分一點。就算妳企圖探聽什麼，也是白費工夫。」

不知庫法的話語是否有傳達給她，馬迪雅沒有任何前兆地一蹬地面。纖細的黑衣人身影往上跳起，被吸入上空的枝葉當中。

像是與馬迪雅換手一般，最後的紙片輕飄飄地飛落。

LESSON: II ～聚集在鎖城的少女與少女～

『別忘記了，』『我的影子』『無論何時都在』『你的背後。』

黑色筆記在眼前波一聲地冒出火花，然後不留痕跡地燒燬了。

馬迪雅的氣息徹底消失無蹤後，庫法大大地吐了口氣。他收起黑刀轉過頭去，朝單膝跪地的蘿賽蒂伸出手。

「妳幫了我大忙，蘿賽蒂小姐。妳沒事吧？」

「嗯，沒事……抱歉，我原本打算來助陣，卻反倒扯了你後腿。」

蘿賽蒂牽著庫法的手站起身，不過她一臉難以接受的模樣，搖了搖頭。

「……我從沒見過那麼荒唐的戰鬥。那傢伙的位階究竟是什麼？」

「是小丑喔。」

「小……小丑？可是小丑位階……」

蘿賽蒂話說到一半，又將話語吞了回去。

庫法也不是不能理解她的反應。所謂的「小丑」位階，是所有能力值的強化資質都低於平均值，相對地擁有一種特性，就是除了聖騎士等上級位階以外，能夠劣化模仿(Learning)劍士、鬥士、武士、舞巫女、槍手、魔術師、神官……這七種位階所有的技能與能力。

如果只聽潛能，感覺相當了不起，但他們習得的技能終究只是「劣化」的模仿。精密度和威力都遠不及歷經同樣修行的正規位階，而且要是想提昇好幾項能力，就需要比別人長兩三倍的壽命。

以結果來說，小丑會為了彌補所屬小組的缺點來提昇能力，或是被用來替缺人的小組補洞，說好聽點是「臨機應變」，說難聽點就是容易被當成「樣樣通，樣樣鬆」對待的位階。

只不過，這終究是指中堅~下級等級戰士的情況。

假如有擅長各種才能的小丑，花費驚人的修行時間，將七種位階的所有能力都提昇到極限呢？

「難道說……」

聽到庫法的說明，蘿賽蒂的表情流露戰慄的神色。庫法斬釘截鐵地點了點頭。

「布拉克·馬迪雅——她肯定是弗蘭德爾中『最強的小丑』。」

† † †

「兩位老師，你們三更半夜的是怎麼啦，剛才好像很吵雜呢。」

好不容易擊退布拉克·馬迪雅的襲擊，庫法與蘿賽蒂立刻造訪校舍塔的頂樓。那裡是聖弗立戴斯威德女子學院的學院長，夏洛特·布拉曼傑的辦公室。雖然已經是快換日的時刻，庫法的敲門很幸運地立刻獲得准許進入的回應。

老練的魔女用疑惑的眼神輪流看著並肩進入辦公室的兩位年輕家庭教師。

「很抱歉這麼晚來打擾，學院長。其實……」

庫法瞄了一下身旁的少女。蘿賽蒂的眼神像是在說「由你說明啦」，因此庫法重新面向辦公桌。

「其實我們是來拜託學院長一件非常重要的事情。」

光只是這句話，學院長似乎就領悟到什麼了。

她露出嚴肅的神情，輕輕點了好幾次頭。

「……嗯，我一直覺得這一天遲早會來。我也會以肩負責任的立場，盡可能地協助你們。」

「您說真的嗎……！」

蘿賽蒂的表情也不禁燦爛起來。不愧是學院長。實在是了不起的洞察力，話題進展快到不自然。

學院長從椅子上站起身並繞過桌子，用雙手包住蘿賽蒂的手心。簡直就像目送小鳥離巢一般，她細小的雙眼滲出淚水。

「真虧妳能下定決心呢，蘿賽蒂老師。妳應該因為自己的出身，經常遭受到無憑無據的中傷吧。但我會支持妳喔。」

「嗯，咦，是。謝謝您……？」

學院長擱下做出曖昧回應的蘿賽蒂，接著重新面向庫法。

「庫法老師，辛苦的反倒是今後。既然試圖獨占聖都親衛隊的新銳，需要在各方面都多加顧慮吧。但是，你絕對不能輸給這些障礙！從今以後，你要以丈夫的身分，徹底守護她——」

「抱……抱歉，學院長。您究竟是在說什麼事？」

庫法忍不住插嘴這麼問，於是學院長的表情像是看到不可思議的東西一般。

「……不是在說由我來擔任兩位婚禮的媒人這件事嗎？」

「完全不是那麼回事！」

庫法氣勢洶洶地這麼否定，於是學院長感到更加不可思議似的露出疑惑的神情。

「兩位要對我說的重要事情，除此之外還有別的嗎？」

庫法反倒想質問她為何會先想到那種可能性，但不巧現在可不是那種時候。庫法與看似害羞地漲紅了臉的蘿賽蒂再次四目相覷，這次直截了當地告知：

「其實——我們希望您能中止月光女神選拔戰。」

學院長毫無意義地轉過頭，確認窗戶和窗簾是否關著。

LESSON: II

～聚集在鎖城的少女與少女～

她一度走到書架邊，然後回頭坐到椅子上，一度拿下眼鏡，然後重新戴上。

然後她以冷靜的模樣仰望庫法。

「我先聲明，要中止是不可能的。在這個前提下——能否告訴我，究竟是怎麼一回事嗎？」

她交互看著兩名男女的臉。庫法用舌頭濕潤嘴唇後，將他在爬上校舍塔漫長樓梯時事先想好的謊言，交織著一半真實加以說明。

「有**殺手**潛入了學院裡。」

「從結論來說，果然還是不可能中止選拔戰。」

聽完說明的學院長，用看來有些遺憾的表情這麼回答。在旁聽著同樣內容的蘿賽蒂，看似焦躁地挺身說道：

「不會吧……有危險人物潛入學院裡嘍？」

「而且那傢伙是變裝術的專家。」

庫法也壓抑語調激動地說道，試圖設法讓學院長改變心意。

「布拉克·馬迪雅在聖王區的騎兵團中，是知名的『殺手』……她是潛入任務的專家，能夠不分性別年齡，扮演成各種人。這次選拔戰聚集了比平常更多的學生，也有很多人是第一次碰面，她一定是趁這次機會，假扮成弗立戴斯威德或德特立修的學生，通過了城門。」

「是呀。如果是普通的上級學校，應該立刻中止選拔戰吧。」

學院長連連點了好幾次頭，但用讓人感受到她絕不會改變主意的聲音繼續說道：

「不過，這裡是瑪那能力者的養成學校。要是我們講師群與超過三百人的見習生，被僅僅一名侵入者要得團團轉，是無法營運下去的。」

再加上——學院長浮現看來有些悲傷的眼神，開口說道：

「本學院已經『鎖城』了。在城牆上設定的一個月，無論用什麼手段，都無法打開城門。要說逃走的路徑，只有地下大迷宮『畢布利亞哥德』跟外部是相連的。」

「還是別進去那裡比較好吧……」

「我也這麼認為。」

庫法不禁提出意見，學院長也立刻點頭同意。

蘿賽蒂的表情彷彿隨時會拍桌一樣，她像在追究似的探出身子說道：

「那麼，您說要怎麼辦呢？」

「那還用說，當然是穩定地進行選拔戰，且靠我們自己的力量擊退侵入者。除此之外別無選擇。」

LESSON：Ⅱ ～聚集在鎖城的少女與少女～

聽到學院長斬釘截鐵地這麼斷言，蘿賽蒂沉默了下來。學院長用較為平靜的音調說道：

「我們的優勢在於能大致鎖定敵人的目標。不對嗎？」

庫法與蘿賽蒂互相對望。學院長像是在叮嚀似的詢問：

「正因如此，你們才能率先察覺到情況有異吧？」

庫法大大地吸了口氣，然後像是放棄似的吐了出來。

「……安傑爾姊妹。那傢伙的目標應該是梅莉達小姐，或是愛麗絲小姐吧。」

「自從得知要照顧騎士公爵家千金的那一天起，我就已經做好遭受苦難的覺悟。我不能丟下被複雜的命運玩弄的孩子們。」

學院長以彷彿要挑戰強敵般的眼神，瞪著年輕的家庭教師們看。

「庫法老師、蘿賽蒂老師，要請兩位也加入警備陣容。請你們時刻注意兩位安傑爾小姐。我們也會總動員講師群，保護其他學生們的安全。」

魔女縱然年邁依舊清澈的視線，讓蘿賽蒂緊抿嘴唇。

「為了避免混亂，這件事請兩位千萬要對學生保密。今後一個月，也會有巨大的考驗等候著我們吧。請兩位銘記在心，這是賭上聖弗立戴斯威德自尊的──與入侵者之間的戰爭。」

† † †

玻璃空間散發著彷彿會切割身體般的光芒。

香濃的美食氣味，輕快的音樂，以及聚集在此的參加者高雅的喧鬧。

九月的第二週第三天。在迎接放學後的聖弗立戴斯威德女子學院，學生們期盼已久的月光女神選拔戰終於要開幕了。

在葛拉斯蒙德宮的舞蹈廳舉辦了開幕典禮與派對，這場派對也兼任和聖德特立修女子學園的聯誼會。輝煌閃亮的玻璃會場，與前所未有的眾多人數。首次見到的聖德特立修的制服，還有對於今後等待著眾人的一大活動的期待——

梅莉達小巧的胸口不由分說地雀躍起來，她不可思議地想起了小時候閃耀的回憶，也就是已故母親的生日派對。

懷念的記憶會甦醒的理由之一，當然也是因為銀髮的堂姊妹就近在身旁的關係吧。那時並不懂站著享受派對的樂趣，但現在不同。兩人以稍微變成了大人的心情，鏘一聲地互碰玻璃杯。

愛麗絲將她散發光澤的嘴唇貼近，悄悄對梅莉達低語：

LESSON: II ～聚集在鎖城的少女與少女～

「……莉塔，妳注意到了嗎？」
可能的話，梅莉達想裝作沒注意到，但她不得不承認。
就是從今天開始上課後，一直纏繞在腦海中的異樣感。
「總覺得擔任講師的老師們今天一直繃緊神經。班上同學也都這麼說。而且……」
梅莉達稍微仰望自己和愛麗絲的背後。
只見庫法還有蘿賽蒂分別站在自己學生的身後，不經意地將手繞到肩膀上。而且明明是難得的派對，他們卻不吃料理，也沒有談笑，而是以銳利的視線一直環顧著會場裡的參加者們。
簡直就像在尋找犯人一樣。
梅莉達輕輕地將手與心上人搭在自己肩膀的手掌重疊。
「老師，感覺你今天常有身體接觸呢。」
「咦，啊，十分抱歉。」
「沒關係，因為我也喜歡老師的手掌。只不過，在其他學校的學生們面前，感覺有一點難為情呢……」
梅莉達忸忸怩怩地動著身體，於是家庭教師像在戲弄她似的伸出另一隻手，捏起梅莉達的臉頰。

「抱歉，因為小姐實在太有魅力，我忍不住想跟大家炫耀。」

「討厭，老師真是的……」

梅莉達臉紅起來並按著臉頰，同時連續傳來兩聲砰、砰的低沉聲響。是蘿賽蒂，還有不知為何，愛麗絲也踹了踹庫法的腳。蘿賽蒂的嘴巴誇張地張閉著，幾乎沒有發出聲音地斥責庫法。

「你認真點行動啦。」

「我非常認真。」

就在梅莉達疑惑著他們在說什麼時，克莉絲塔學生會長的聲音響徹了舞蹈廳。

「那麼，各位同學，派對差不多該進入下一個節目了。首先替德特立修的少女們送上歡迎的動章——負責的同學們請上前！」

「老師，我去去就回！」

被選為歡迎人員的梅莉達，與愛麗絲一起飛奔而出。雖然覺得在手掌離開時，庫法好像有話要說，但遺憾的是現在並沒有時間聽。

梅莉達等人親手製作的玻璃工藝品並排在牆邊的桌子上。梅莉達正想拿起自己製作的動章時，瞬間分辨不出自己的作品而感到迷惘。

「咦……奇怪，哪個是我做的呢……」

LESSON: II

～聚集在鎖城的少女與少女～

「莉塔，不要緊嗎？」

梅莉出聲回應先一步找到自己作品的愛麗絲。

「妳先走吧，愛麗。會遲到的！」

愛麗絲似乎有些猶豫，但結果她還是比梅莉達先轉身離開。

其他女學生們也接連拿起玻璃工藝品，剩下最後兩個時，梅莉達才總算能看出自己的作品。

梅莉達拿起勳章，以雀躍的心情轉過身去——然後發現決定性的失誤。

「哎呀呀，真傷腦筋呢……」

在自己磨磨蹭蹭的時候，其他女生已經迅速地開始頒發勳章。她們在每個德特立修學生的胸口別上勳章，代表歡迎之意。

「歡迎來到弗立戴斯威德。」

「歡迎妳們！」

放眼望去，歡迎人員與胸口別著勳章的德特立修學生都已經成對，梅莉達迷惘著該把自己的勳章送給誰才好。歡迎人員恰好五十人整，照理說不會剩下才對。還沒有別上勳章的德特立修學生應該還在某處。

那女孩一定也如坐針氈吧——梅莉達這麼心想，慌張地環顧周圍。

就在這時，有人從後面搭話。

「能給我嗎？」

猛然轉過頭去的梅莉達，不禁驚訝到忘了呼吸。

——多麼漂亮的女孩……！

是德特立修的女學生。大概跟自己同樣是十三歲的一年級生。但她纏繞著讓人難以想像是同年紀的成熟氛圍，而且有些性感，浮現令人顫慄的微笑。

她最引人注目的是頭髮。是梅莉達至今不曾見過的純粹漆黑。髮絲吸收光芒，看起來也像是半透明，讓人想到孤高的黑水晶。

不禁看呆的梅莉達猛然回過神來，將勳章湊近少女的胸口。

「歡……歡迎來到弗立戴斯威德！」

梅莉達製作的勳章，跟學姊的作品相比之下有些拙劣，她有一點沒自信。

但黑髮女孩撫摸裝飾胸前的玻璃工藝品，優雅地笑了。

「真棒呢。謝謝妳，梅莉達。」

「咦？」

「——那麼接著是歸還頭冠！」

克莉絲塔會長的聲音高聲響起，梅莉達的注意力被吸引過去。

黑髮的德特立修學生在這時轉身離開。即使想要叫住她，也為時已晚，讓人印象深刻的黑水晶光輝立刻消失到人潮的另一端。

那女孩是何時得知了我的名字呢？

「小姐！」

就在這時，彷彿與黑髮女孩輪替一般，家庭教師飛奔到梅莉達身邊。

庫法略帶紫色的黑髮，與剛才那名少女的黑髮形成明顯對比，耀眼地散發著光澤。

「太好了。因為小姐回來得晚，我還以為妳走失了。」

「真是的，老師真愛操心。」

一直在會場走來走去也不太禮貌，因此梅莉達與庫法決定在原地觀看派對的進行。

舞蹈廳的陽臺邊設置著舞臺，可以看見克莉絲塔學生會長與布拉曼傑學院長的身影。

然後現在，一名德特立修的三年級生走上了階梯。

周圍的弗立戴斯威德學生們紛紛交頭接耳。

「那一位就是德特立修的學生會長嗎？」

「聽說在德特立修是稱為『總室長』。」

「總室長？」

「因為班級幹部是『室長』，而她是統率室長們的領導者，所以是『總室長』。」

LESSON Ⅱ ～聚集在鎖城的少女與少女～

「記得她的大名是——妮裘．托爾門塔小姐。」

擁有總室長頭銜的德特立修三年級生，就某種意義來說，與弗立戴斯威德的克莉絲塔會長正好相反。與容易看出感情的克莉絲塔會長相反，她一直維持看來似乎不太高興的嚴肅表情。她在舞台上輕輕地向學生們鞠躬。

然後，另一名女學生從對面走上階梯時，「哇啊！」的小小歡呼聲籠罩了舞蹈廳。是從弗立戴斯威德和德特立修雙方發出的聲音。

她華麗的波浪捲，讓人看過一眼就難以忘懷。是擁有大家閨秀氛圍的弗立戴斯威德三年級生，神華．茲維托克學姊。

她在學院長面前跪地，將輝煌的頭冠放到台座上。

「在此歸還月光女神之證『月之淚』。」

她的一舉一動都宛如舞臺劇女演員一般。神華站起身，轉頭看向學生們。她浮現有些像是惡作劇，挑戰般的微笑。

「——雖然大概會立刻回到我們手邊。」

聽到這大膽無畏的說法，幾乎大部分學生都發出「呀啊」的歡呼。有一半的德特立修學生陶醉地染紅臉頰，另一半則像是要對抗地抿緊嘴唇。

學院長看似開心地浮現一如往常的笑容。自從典禮開始後，她也和其他講師們一樣，一直露出有些嚴厲的表情，因此梅莉達稍微感到安心。

「很好！各位同學已經迫不及待了吧。我在此宣布，第五十屆月光女神選拔戰從此刻開始！」

女學生組成的樂團輕快地演奏樂器，高雅的歡呼聲籠罩舞蹈廳。

學院長迅速地高舉手指，於是學生們像海浪退潮一般安靜下來。

「首先要選出在今年選拔戰出場的候補生們。從弗立戴斯威德和德特立修兩校選出的各兩名候補生，會挑戰三場考驗，然後由各位同學投票決定誰最適合當今年的月光女神。」

克莉絲塔學生會長像是要接續學院長的話，她走上前。

「弗立戴斯威德的候補生已經決定好了。其實候補生的名字早已在會場裡——德特立修的同學們，請看正面的布幕。」

她將身體移向旁邊，指著聳立在舞台背後的巨大物體。

不是別人，正是由梅莉達和庫法等人準備並設置的彩繪玻璃。展現一星期成果的瞬間逐漸逼近，興奮之情在弗立戴斯威德的學生們間逐漸高漲。

克莉絲塔會長優雅地走近，然後用手心握住覆蓋彩繪玻璃的布幕繩子。她似乎也想像著自己即將登上華麗舞臺的場景，臉頰泛起紅暈。

LESSON Ⅱ ～聚集在鎖城的少女與少女～

就在這時。

發出叮鈴一聲。恐怕只有梅莉達注意到有什麼東西從布幕下襬掉落出來吧。沒有映入任何人眼中，在玻璃地板上滾落的那東西是——

「玻璃碎片……？」

是染上顏色，小小的玻璃片。梅莉達還無暇思考那種東西為何會從布幕掉落出來，克莉絲塔會長彷彿迫不及待似的聲音便高聲響起。

「我在此發表，本年度月光女神選拔戰，聖弗立戴斯威德女子學院派出的候補生是這兩名！——揭幕！」

她氣勢猛烈地拉起手，盛大地掀開布幕。

從底下現身的彩繪玻璃的輝煌光芒，讓全場歡聲沸騰——

瞬間，所有人都倒抽一口氣。

發不出聲音的理由，應該因人而異吧。或許有人是因為彩繪玻璃的成果，另外有人是因為從布幕同時揮灑出來的玻璃碎片。但大多數的人，包括梅莉達與庫法在內，都緊盯著彩繪玻璃被照亮的中央。一直握著繩子無法放手的克莉絲塔會長小聲地低喃：「怎麼會？」

彩繪玻璃上大大地這麼刻印著。

「安傑爾」。

布拉克・馬迪雅

位階：小丑

HP	5366	MP	581	敏捷力	582
攻擊力	582（492）	防禦力	582		
攻擊支援	0～20%	防禦支援	0～20%		
思念壓力	50%				

主要技能／能力

劣化模仿 LvX／盤石 Lv9／堅韌 Lv9／躡足 Lv9／魅力 Lv9／集中射擊 Lv9／看不見的咒文 Lv9／服務精神 Lv9／布利基特・雷斯／古典魂／幽天影流・夢想之太刀／克雷歐・涅墨西斯／七人詼諧曲／亡靈霍洛洛基烏斯

【小丑】

模仿其他下級位階異能的專用能力「劣化模仿」，可以說是道出小丑位階所有的特性吧。
無法成為任何人的小丑，隱藏著能夠贏過任何人的可能性。
資質〔攻擊：B 防禦：B 敏捷：B 特殊：中／遠距離攻擊：C 攻擊支援：C 防禦支援：C〕

LESSON：Ⅲ ～祭典的尾聲，抑或開端～

在會場內最先回過神的庫法，立刻環顧周圍。

三百名弗立戴斯威德學生、五十名德特立修學生，還有十幾名的學院講師……庫法漫無目標地環顧能見範圍內的各人表情。

——是誰搞的把戲？

公開出來的彩繪玻璃，不用說，並非學生們的作品。從設計就已經截然不同，而且那精巧的成品，簡直就像專家製作的東西。梅莉達等人的團體花費幾星期製作的彩繪玻璃，如今已經化為被敲得粉碎的碎片，從布幕下襬散落一地。

是這裡面的某個人幹的。昨天是庫法親手進行裝飾，所以絕不會弄錯。已經「鎖城」的學院裡照理說也不會有新的來訪者。

正確的候補生人選是「神華．茲維托克」和「克莉絲塔．香頌」，某人破壞刻有她們名字的彩繪玻璃，換上記載著「安傑爾」名字的彩繪玻璃來替代，那個某人就在這個會場裡！

LESSON Ⅲ ～祭典的尾聲，抑或開端～

——究竟是誰？

一身漆黑的纖細身影在腦海中浮現，庫法不知不覺地咬牙切齒。犯人看到此刻幾百人因驚愕而凍結住的狀況，一定在內心竊笑著。

不過，即使將會場環顧了一圈，也沒有發現做出可疑反應的人。有人驚訝地張大了嘴，還有人難以置信地瞪大眼睛，所有人都注目著彩繪玻璃。在德特立修的學生集團裡，慢慢地掀起騷動。

率先在臺上發出聲音的，是聖德特立修的總室長，妮裘·托爾門塔。一臉疑惑地蹙緊眉頭的她，沒有特別針對誰，只是小聲地低喃道：

「……安傑爾？」

「安……安傑爾小姐！」

那聲音讓聖弗立戴斯威德的布拉曼傑學院長接著回過神來。

即使是學院長，似乎也無法徹底掩飾動搖的模樣，她向學生集團呼喚著。

「梅莉達·安傑爾！愛麗絲·安傑爾！兩位同學請到臺上來！」

庫法不得已地推了推梅莉達的背後。抓著庫法手臂行走的梅莉達，此刻腦海中應該是一片空白吧。被蘿賽蒂帶到前方的愛麗絲，儘管不容易看透感情，也是一副難以掌握狀況的模樣。

梅莉達與愛麗絲這對安傑爾姊妹一站到臺上，德特立修學生的喧鬧聲變得更嘈雜了。這也難怪，跟周圍的兩校領導者和上年度「月光女神」學姊相比，有兩歲年齡差距的一年級生們，看起來更像孩子。

德特立修的領導者妮裘室長的嚴肅表情略微扭曲。她俯視站在自己對面的梅莉達與愛麗絲，看來有些不悅地蹙緊眉頭。

「說到安傑爾，看來就是騎士公爵家，但她們應該還是一年級生吧？」

「……唔！」

梅莉達與愛麗絲兩人當然不用說，就連學院長也無法立刻做出回答。

德特立修學生應該也一直確信神華‧茲維托克必定會參加今年的選拔戰。還有原本應該是另一名候補生的克莉絲塔會長，現在仍彷彿失了神一般，茫然地呆站在原地。一看之下，她還緊握著卡在彩繪玻璃上的布幕繩子。

妮裘室長在不讓學生們察覺到的情況下輕輕嘆了口氣，然後重新面向德特立修學生的集團。

「既然是這樣，請讓我們也重新考慮一下德特立修這邊的候補生人選。原本預定由我參戰，但我們也從一年級生裡頭選一個代替——莎拉夏學妹，由妳出場吧。」

「咦？」

LESSON: III

～祭典的尾聲，抑或開端～

集團裡面有一名少女驚嚇地抽動了一下身體，她就是被指名的莎拉夏吧。周圍的德特立修學生都自然地退後一步來凸顯她的存在，名叫莎拉夏的少女暴露在三百人以上同時注目的視線中。

「不……不會吧，我沒……沒有自信……」

她連連搖了好幾次頭，但周圍的德特立修學生紛紛鼓勵著她。

「沒問題，莎拉夏小姐一定能辦到的！」

「沒錯，因為妳在一年級生裡面，也是最優秀的模範生嘛！」

「……嗚！」

與其說是快哭出來，莎拉夏看起來像是很難受。看到被同學們推著站上臺的她，庫法心想原來如此。

被推舉為月光女神候補生的她，雖是一年級，卻跟梅莉達和愛麗絲同樣，是個讓人感覺大有前途的美少女。只不過，無論怎麼看，她都不適合拋頭露面。她的氛圍就像在附帶鑰匙的珠寶盒中備受呵護地長大，宛如拇指公主一般。

妮裘室長儘管依然擺出能面般的嚴肅表情，還是將手掌搭在莎拉夏的肩上鼓勵她。

「妳是最適合的人選喔。這是個好機會，妳稍微學會如何自我主張吧。」

「……既……既然總室長這麼說。」

看到姑且是點頭了的莎拉夏，妮裘室長再次轉頭看向母校的學生們。

「然後第二個人，是從二年級裡——琪拉學妹。按照預定，是妳表現的時候嘍。」

「什！」

被指名的學生發出跟莎拉夏不同感覺的驚訝聲。

像要抗議似的挺身發言的，是有著中性美貌的少女。像是少年變聲前的女低音，高聲響徹在玻璃舞蹈廳裡。

「等一下，室長！既然這樣，不如由妳來代替我…………！」

話說到一半，她便噤口。

她應該是重新看向臺上，而不禁想像到了吧——已經決定好的候補生，有三人是一年級生。假如妮裘室長加入成為第四個人，混在一群一年級生裡頭參加競技的三年級生，從旁人眼裡看來，會是怎樣的光景——

名叫琪拉的女學生抿緊嘴唇，發出響亮的腳步聲走上前。當她走上階梯，受到眾人矚目時，德特立修和弗立戴斯威德雙方的學生都發出「呀啊！」的歡呼聲。從冰冷空氣的四處流露出陶醉的嘆息聲。

「那位威風凜凜的人物是誰啊！」

「是德特立修的二年級生，琪拉．艾斯帕達小姐喲。」

LESSON: Ⅲ
～祭典的尾聲，抑或開端～

「聽說她在那邊，是以『王子』外號備受仰慕的當紅人物喔！」

「聽說在今年的選拔戰中，一般預料她會成為神華學姊的敵手……原本應該是這樣的……」

弗立戴斯威德生們的閒聊，立刻有如海浪般消退。

再次冰冷緊繃起來的氣氛中，琪拉並列到妮裘室長與莎拉夏的身旁，感覺她似乎狠狠地瞪著對面的梅莉達她們看。

四名候補生在臺上到齊時，妮裘室長稍微觀察了一下克莉絲塔會長的樣子。理應負責典禮進行的她，至今還沒有從打擊中重新振作起來。

還算是能保持從容態度的布拉曼傑學院長，無可奈何地大聲說道：

「接著要指名與候補生同生共死的搭檔。之後會告知詳情，總之要請成為搭檔的學生，與候補生一起挑戰某個考驗。因為是非常嚴酷的考驗，最……最好是選擇擁有深厚羈絆的對象。」

學院長有些吞吞吐吐的理由，連想都不用想。

一同背負嚴酷的命運，締結深厚羈絆的搭檔……這種獨一無二的對象，不可能即興地挑選出來。梅莉達茫然地看向同班同學們，但每個人都只是一臉尷尬地移開視線。

經過上學期的公開賽，梅莉達總算在學院裡逐漸獲得一定的地位，儘管如此，還是沒有交情深到能稱為摯友的對象，至少庫法並不知道。要說唯一算得上摯友的存在，就是愛麗絲，但她現在也跟梅莉達處於同樣立場，站在臺上。

無可奈何的沉默持續著，倘若置之不理，甚至讓人覺得沉默可能會永遠持續下去。看不下去的庫法知道自己的要求有點強人所難，但仍走上階梯。

在其他學生好奇的注視下，庫法對布拉曼傑學院長耳語：

「學院長，我也聽聞考驗是非常危險的內容。對於沒有心理準備的一年級生而言，可能太過殘酷。如果可以選擇候補生的『自家人』……」

學院長彷彿一直在等候庫法這麼提議似的，在途中就連連點頭了好幾次。

「好！那麼候補生梅莉達．安傑爾的搭檔，就決定是她的侍從庫法．梵皮爾。然後候補生愛麗絲．安傑爾的搭檔，就由同為侍從的——蘿賽蒂老師，可以拜託妳吧？」

「咦，我……啊，好的！」

蘿賽蒂像是氣球啪一聲爆開似的回過神來，她連忙走上階梯。

看到就這樣站在梅莉達與愛麗絲身旁的兩人，德特立修方的琪拉本想開口說些什麼，但妮裘室長若無其事地制止那樣的她，走上前來。

「那麼，我們也來選出搭檔——莎拉夏學妹的搭檔，就由我來擔任吧。沒問題吧？」

「是……是的。當然沒問題……！」

妮裘室長接著瞄了一下另一名候補生示意。琪拉明確地點頭回應，轉頭看向德特立修學生的集團。

「我的搭檔只有妳……皮妮雅！過來吧！」

呀啊！又掀起了一陣歡呼聲。從德特立修學生的集團中，有個確實很適合「王子」的華麗女孩走上前，來到臺上。

布拉曼傑學院長有些不安似的點了點頭，繼續進行典禮。

「然後接著要請各位選出支持候補生的兩名小組成員。就像有些人已經察覺到的那樣，小組成員會成為候補生的戰力，參加考驗。不光是友情，還要考慮到能力的契合度與小組構成……像這樣來決定成員比較好吧。」

學院長像是已經放棄似的，以哀傷的眼神看向梅莉達她們。

庫法等人在這邊終於無計可施了。雖說在選拔戰中，小組成員的責任沒有「搭檔」那麼沉重，但挑選成員的難度跟剛才沒有太大的差異。愛麗絲似乎也是一樣，她毫無意義地與蘿賽蒂面面相覷，沉默下來。

就在這時，有個人影在舞蹈廳的角落急忙地動著。

是穿著圍裙裝的烏鴉，也就是愛麗絲宅邸的女僕長，奧賽蘿女士。庫法觀察她打算做什麼，只見她從聚集在舞蹈廳的弗立戴斯威德生裡頭，找上二年級生的兩人組，喋喋不休地說了一大串話。

二年級生聽完她那一串話，互相對望之後，浮現狐狸般的笑容。

然後她們在鴉雀無聲的舞蹈廳正中央舉起了手。

「愛麗絲小姐的小組成員是我們！」

「黛西．朱恩以及普莉絲．奧古斯特，以安傑爾家僕人的身分參戰！」

她們在眾人注目下走上階梯，意氣風發地並列到愛麗絲身旁。

看來似乎是奧賽蘿女士提出了什麼交易。只要報上騎士公爵家的名號，確實有不少貴族會被「獎賞」給吸引吧。

庫法在腦海中的一角，試著抱持一丁點不可能的希望，期待奧賽蘿會順便幫忙安排梅莉達的小組成員。

當然那只是幻想。奧賽蘿女士充滿優越感地雙手交叉環胸，把在臺上束手無策的梅莉達與庫法，當成無比幸福的名畫一般鑑賞。

德特立修方的琪拉愈發焦躁似的跺腳。

「這應該會事先通知吧？」

「……嗚！」

梅莉達果然還是只能看似不甘心地咬緊嘴脣。

LESSON III

～祭典的尾聲，抑或開端～

妮裘室長看了看從剛才起就絲毫沒有插嘴的克莉絲塔會長，像是大失所望一般，輕輕嘆了口氣。她一副不得已的模樣，開口說道：

「如果很難現在立刻指名成員的話——」

「是我！」

突然有人大聲打斷妮裘室長的話。

舞蹈廳裡的所有人都一起看向聲音的主人。周圍的同班同學們驚訝地張大了嘴。奧賽蘿女士收起了不懷好意的笑容。不過在這當中，感到最驚訝的，肯定是梅莉達。

「涅爾娃……？」

是晃動著栗色雙馬尾的涅爾娃·馬爾堤呂。她以自暴自棄般的氣勢衝上階梯，像是要挑戰似的重新面向德特立修方。

她以過去曾狠狠貶低梅莉達的嘴脣說道：

「因為她是我的……姊妹（布爾梅）。」

「……唔！」

然後，就在德特立修方的琪拉像是被她的氣勢蓋過去一樣，沒再多問時。

「那麼，另一名小組成員就由我來擔任。」

看到這麼說並與梅莉達並肩，站在涅爾娃反方向的女學生身影，任誰都發出了近似哀號的叫聲。妮裘室長的能面首次失去了冷靜。

輕輕將手搭在梅莉達的肩上，浮現高深莫測的優雅笑容的人，是弗立戴斯威德所有學生憧憬的三年級生。

「神華小姐……身為上屆月光女神的妳要出馬？」

「有什麼意見嗎？我說過了吧，『會立刻要回頭冠』。」

「…………」

妮裘室長沒有多說什麼，不再干涉。不過舞蹈廳的喧鬧聲並未平息下來。

「神華學姊不是候補生，也不是搭檔，而是以小組成員的身分參戰……？」

布拉曼傑學院長迅速地舉起手指，閒聊聲花了比平常多一倍的時間才安靜下來。無論如何，這麼一來弗立戴斯威德方的成員就湊齊了。

接著開始選出德特立修方的小組成員，學生們流利地回應臺上的呼喚，過程順利得讓這邊不禁為之著迷。

第五十屆月光女神選拔戰的所有出場者都站到臺上，最後妮裘室長以像是在摸索希望之線的眼神，看向克莉絲塔會長。

看到白金髮垂頭喪氣的模樣，妮裘室長再次嘆了口氣。

她無可奈何地對兩校學生呼籲：

「今年的候補生們非常年輕有活力。各位同學應該會目睹到寶石原石逐漸琢磨發亮的過程吧。請各位務必以公正的視線來參與投票。用我們每個人的手，創造出下一代月光女神。期待這次值得紀念的選拔戰，會成為有意義的活動！」

† † †

「首先，來解決妳們最感到疑惑的事情吧。」

布拉曼傑學院長以略微僵硬的聲音說道。

場所是校舍塔的頂樓，學院長室。與德特立修學生的聯誼會勉強成功落幕後，梅莉達與愛麗絲直接被帶來了這裡。

室內還有負責教育兩人的庫法與蘿賽蒂在後方待命。而且月光女神選拔戰原本的候補生，神華與克莉絲塔會長也在場。

學院長細小的眼眸看向一臉緊張的安傑爾姊妹。

「安傑爾小姐，是妳們掉包會場的彩繪玻璃嗎？」

「「不是。」」

兩人的聲音重疊，面面相覷之後，梅莉達代表兩人回答：

LESSON: Ⅲ ～祭典的尾聲，抑或開端～

「不是我們做的。」

「妳撒謊！」

立刻這麼怒吼的是克莉絲塔會長。這氣氛像是她早已經預料到學院長會詢問些什麼，還有梅莉達她們會怎麼回答，看準了讓炸彈爆裂的瞬間一樣。

克莉絲塔會長以狂犬般的氣勢，對嚇得縮起肩膀的一年級生們吠叫。

「除了妳們以外還會有誰！妳們這麼不服氣嗎！不服本小姐無視身為騎士公爵家的妳們，出場選拔戰這件事嗎！」

「克莉絲塔，妳冷靜一點。」

神華溫和地幫忙緩頰，但狂犬的氣勢停不下來。她將食指比向幾乎快哭出來的公爵家姊妹，那氣勢彷彿要刺穿她們。

「愛麗絲學妹，妳在假期中的頭環之夜時，一個人穿著不同洋裝來了呢。這次也一樣想獲得特別待遇嗎！妳以為這樣出其不意地發表自己的名字，大家就會很開心地祝福妳嗎？」

「克莉絲塔，現在是學院長在說話喔。」

「還有梅莉達學妹，上學期的公開賽應該是很美好的回憶吧。妳無法忘懷當時的歡呼聲嗎！妳想在選拔戰大為活躍，再次獲得大家的熱烈喝采？也是呢，如此一來，就再也不會有人叫妳『無能才女』——」

「克莉絲！適可而止吧！」

神華強烈地怒吼，克莉絲塔會長才總算噤口。

布拉曼傑學院長以看似悲傷的眼神眺望著四名學生。

「香頌小姐，不，克莉絲塔。我想直接從兩人口中聽到否定的話語。就只是這樣罷了。」

「……嗚！」

克莉絲塔會長咬著嘴唇沉默下來。雖然她看來完全無法信服，但這也不是能輕易接受的事情。學院長重新環顧所有人，言歸正傳。

「無論如何，倘若並非兩人的所作所為，這狀況非常嚴重。這表示有人為了讓梅莉達同學和愛麗絲同學兩人參加選拔戰，在無人發現的情況下，掉包了彩繪玻璃。」

「我說……」

這時一直坐立難安似的蘿賽蒂，戰戰兢兢地舉手發言。

「那個犯人應該能輕易找出來吧。因為那座玻璃城堡有守衛，只要詢問她們——呃，啊，沒用吧。」

蘿賽蒂發言的同時，她本身似乎也注意到了。她應該想起了昨天上學時，向那些玻

LESSON: Ⅲ ～祭典的尾聲，抑或開端～

璃女武神提出問題，得到了怎樣的反應吧。

學院長也像是同意她的發言一般，微微點了好幾次頭。

「對，我們講師群也立刻詢問了宮殿裡的玻璃寵物們，但是……很遺憾的，他們並非生物，果然只是被賦予功能的人偶罷了。只不過，將他們提供的片段情報連接起來的話，昨天晚上似乎有人侵入了葛拉斯蒙德宮。」

「就是這兩人吧。」

克莉絲塔會長以糾纏不休的語調這麼低喃，神華對她投以勸誡的視線。庫法認為這樣沒完沒了，他開口詢問學院長：

「不能重新挑選候補生嗎？」

瞬間，克莉絲塔會長猛然抬起頭，但學院長依然一副悲傷的眼神。

「……那是不可能的。縱然並非原本的預定，但在揭開那塊布幕時，我們已經向德特立修方宣言要將安傑爾小姐作為弗立戴斯威德的候補生。如果事後才更改，換句話說就等於是我們提出虛偽的名字欺騙德特立修學生，把他們當傻瓜看。」

而且——學院長看似頭痛地按住太陽穴。

「雖然這想法有點狡猾，但如果刻在假彩繪玻璃上的是其他學生的名字，說不定還有辦法找藉口搪塞。但是，兩位是『安傑爾』。倘若在這時改變主意，我們會被迫陷入能設想到的最糟情況，就是我們使用了騎士公爵家的名號，當作侮辱聖德特立修女子學園，並貶低歷史悠久的月光女神選拔戰的材料——你們能想像在那之後，這間學院、我們講師群，還有學生們的下場嗎？」

庫法實在不願去想像，因此他以鬱悶的表情搖了搖頭。

在揭開布幕時，包括庫法和梅莉達在內，幾乎所有弗立戴斯威德學生都想大叫「不是這塊彩繪玻璃！」吧。事到如今，不得不說在演變成那種情況前，學院長立刻繼續進行典禮的判斷，實在是神助攻。

這時，背後傳來敲門聲，有人叩叩地敲著學院長室的門。

傳來要求入室的聲音，學院長允許了對方的要求。打開門走進來的是三名德特立修學生。前頭是妮裘總室長，然後是會出場這次選拔戰，名叫莎拉夏與琪拉的少女。

「雖然目前有壓制住，但動搖在學生們間蔓延開來。」

妮裘室長開口第一句話就這麼說道，她看來有些不悅地蹙起眉頭。

「學院長，你們這是打算對聖德特立修大發慈悲嗎？」

「哎呀，這是什麼話呢，托爾門塔小姐。」

「你們是在顧慮去年明明身為選拔戰的主辦方，卻被奪走女神寶座的聖德特立修？你們認為只要我們無視騎士公爵家當選女神，就會覺得痛快是嗎？」

LESSON: Ⅲ

～祭典的尾聲，抑或開端～

她不客氣地俯視身為一年級生的梅莉達與愛麗絲。學院長猛然從椅子上站起身。

「不是的，妮裘。弗立戴斯威德是認真地想連續兩年戴上月光女神的頭冠。兩名安傑爾小姐確實是一年級生，但想必她們會讓大家看到不輸給歷屆候補生的戰鬥吧。」

「……我期待是那麼一回事。」

妮裘室長冷淡地回看之後，帶著兩名候補生轉過身去。

原以為她會就那樣離開學院長室，但她在神華面前一度停下腳步。她沒有將臉轉向神華，以彷彿抽掉了感情般的聲音說道：

「……原本很期待能與妳互相競爭的，真是遺憾。」

她沒有等神華回應，便再次踏出腳步。她發出響亮的腳步聲，這次真的離開了房間。

室內陷入沉默，布拉曼傑學院長有些疲憊似的坐到椅子上。

「以結論來說——」

所有人的視線集中到辦公桌前。

「我們無法現在才變更人選。第五十屆月光女神選拔戰，聖弗立戴斯威德女子學院派出的候補生，就是梅莉達同學與愛麗絲同學兩人。」

「我受夠了！」

克莉絲塔會長以尖銳的聲音大叫。她瘋狂抓著美麗的白金秀髮。神華像是看不下去似的，走近她身旁。

「欸，克莉絲，我們也回房間吧，我替妳泡杯熱茶。」

「我是三年級生呀！」

克莉絲塔會長絲毫不聽安撫她的聲音，這麼怒吼。

「我已經沒有明年了！這次的選拔戰明明是能夠彌補那個人唯一的……最後的機會……嗚……嗚嗚……！」

「克莉絲，欸，冷靜一點。」

「別這樣，妳別碰我！只有妳絕對不會明白我的心情！」

手心被粗暴地甩開，神華露出了看似受傷的表情。這讓克莉絲塔會長更加心煩意亂，大顆淚珠從她的眼眸掉落出來。

她別過臉去，飛奔而出。她無法掩飾住哽咽，就這樣衝出了學院長室。

神華本想立刻從後追趕上去，但她的腳停了下來。

她似乎覺得有必要說明，只見她轉頭看向梅莉達等人。

「請妳們別怨她喔。她是去年的選拔戰出場者。」

「咦……？」

「上屆的候補生之一是當時弗立戴斯威德的學生會長，米蕾・伊斯托尼克學姊，她是以米蕾學姊的搭檔身分出場。但她在那時的選拔戰中犯下嚴重的失誤……以結果來說，我被選為了月光女神，因此她非常自責，認為『米蕾學姊不能當上月光女神，都是自己害的』。」

三年級的她緩緩走近，將手搭在梅莉達與愛麗絲的肩上。

「所以她一定是想要在今年的選拔戰中，由自己當上月光女神，去向米蕾學姊道歉。她為了這件事非常拚命——她不可能當真認為是妳們搞的把戲。請妳們原諒她。」

「不，別這麼說，我們……」

神華對低下頭的梅莉達與愛麗絲露出超乎年齡的成熟笑容。

然後她慢慢轉過身，追著克莉絲塔會長離開了學院長室。

† † †

「小姐們，我也跟蘿賽蒂小姐商量了一下……」

聽見心上人穩重的聲音，原本在發呆的梅莉達回過神來。

這是被學院長催促離開房間後，堂姊妹與家庭教師們返回宿舍途中的事情。梅莉達一直在思考至今為止的事情，還有從今以後的事情，想到頭差點爆炸了，如果庫法沒有將手搭在她肩上，她說不定連停下腳步這件事都辦不到。

庫法與愛麗絲的家庭教師蘿賽蒂互看了一下，繼續說道：

「從今晚開始，兩位的宿舍房間要不要分開來呢？」

「咦……？」

「就是改成梅莉達小姐與我，愛麗絲小姐與蘿賽蒂小姐同房。假如今後又在選拔戰中發生什麼意外時……那個……」

庫法像是在尋找適當話語似的噤口，然後發出像是已經放棄的嘆息。

「……有確實的不在場證明應該比較好。」

「哎呀，哎呀，哎呀！這想法真棒呢！」

回答的不是梅莉達，也並非愛麗絲。

不知不覺間，愛麗絲宅邸的女僕長奧賽蘿女士已經前來迎接愛麗絲了。她絲毫不在乎這邊的感受，反應比平常更誇張。

「我也覺得那樣比較好！本家是本家，分家是分家，明確地區分清楚，才是正確的作法吧。沒錯，於公於私都該劃清界線！呵呵！」

「雖然我不明白您說的話是什麼意思，總之就是這樣。」

庫法似乎覺得應付她也很麻煩，敷衍地回應。

LESSON: III
～祭典的尾聲，抑或開端～

之後四人與一人回到宿舍塔，來回昨晚使用的各自的房間，交換行李。愛麗絲直到最後都不想與梅莉達分開，但蘿賽蒂安撫她「只有睡覺期間而已」，她才不情不願地點頭同意。

雙方道別時，奧賽蘿女士簡直就像從年輕人們的不幸中獲得活力一般，將手搭在愛麗絲的肩上，同時對這邊搭話：

「您的手法相當高明呢，梅莉達小姐。」

「咦？」

「請您之後偷偷告訴我是如何掉包彩繪玻璃的。務必讓我見識一下本家的技術。」

「不是我做的。」

「誰知道呢——」

梅莉達對自己的話語毫無說服力這點感到悲傷。

奧賽蘿女士得意忘形地想要再諷刺兩三句。不過在她開口前，站在梅莉達背後的庫法發出了彷彿會凍結住的冷淡聲音。

「就此打住吧。」

「噫……！」

梅莉達也能看出奧賽蘿女士有一瞬間打從心底顫抖。從梅莉達的視角無法看見庫法

的表情。只不過，那是梅莉達以前不曾聽過的低沉聲音。

看到所有人都沉默下來，梅莉達下定決心，開口說道：

「那個，奧賽蘿女士。如果我在選拔戰中留下比愛麗優秀的成績，妳願意認同我們組成小組嗎？」

「……啊？」

奧賽蘿傻眼似的俯視梅莉達，接著「哈哈！」地笑了出來。

「本家的人還真會說笑呢！」

奧賽蘿女士在其他學生已經進入夢鄉的宿舍塔高聲大笑，回到自己的房間。當然，她的手牢牢地抓住愛麗絲將她帶走，堂姊妹依依不捨般的表情逐漸遠去。蘿賽蒂一臉尷尬地游移著視線，最後她輕輕低頭行禮，轉身離開。

梅莉達呆站在一片漆黑的走廊上。明明不是覺得寒冷或害怕，手腳卻抽痛著，感到麻痺且顫抖起來。庫法輕輕將手心搭到梅莉達的肩上，溫柔地說了「我們回房間吧」。

當晚，梅莉達在自己房間勉強吞了兩三口庫法準備的晚餐後，決定明天早上再沖澡，早早就鑽進了被窩裡。

不過，無論怎麼用力闔上眼皮，身體還是沒有要入睡的意思。

LESSON: Ⅲ
～祭典的尾聲，抑或開端～

梅莉達在漆黑的天花板上，看見刻有「安傑爾」名字的彩繪玻璃浮現出來。派對會場那讓人如坐針氈的氣氛再次復甦。克莉絲塔會長摻雜著淚水的聲音，無數次地責備著梅莉達。

「……唔！」

梅莉達實在睡不著，她坐了起來。

在反方向的床鋪上，庫法正背對著梅莉達入睡。梅莉達勉強揮開想鑽入他棉被裡的誘惑，在女用睡衣上套了件睡袍，拿著提燈離開房間。

早就過了熄燈時間，梅莉達來到已經不可能有人在的談話室。在自己跟不上大家能力的從前，梅莉達從不曾想過，能夠一個人獨處是如此輕鬆。因為梅莉達從前一直很拚命，只想讓學院的大家認同自己。

但就算這樣，梅莉達也不曾想過，不惜踢掉某人也想坐上月光女神寶座這種事。

那麼是誰？讓梅莉達與愛麗絲參加選拔戰，學院長所說的「犯人」究竟有什麼好處呢……？

「晚安。」

這時，忽然有人向梅莉達搭話。

梅莉達不至於那麼吃驚，是因為那聲音太過清澈且平靜的關係吧。感覺就像遇到只有半夜才會現身的妖精。

有個穿著女用睡衣的女孩站在談話室的入口。讓人想到黑水晶，具備透明感的黑髮。雖然這是第二次碰面，但梅莉達立刻注意到了。

「啊……妳是德特立修的……」

「謝謝妳在派對上送我那麼棒的玻璃工藝品，梅莉達。」

是身為歡迎人員的梅莉達贈送了手工製勳章的黑髮德特立修學生。在這種安靜且微暗的氣氛中碰面的話，她那成熟的微笑看起來更加性感。

連提燈都沒拿就來到這裡的她，以雀躍的腳步走近梅莉達。她雙手在背後交扣，跳著舞步，以彷彿歌唱般的聲音詢問：

「欸，其實那邊的候補生，並不是梅莉達妳們吧？」

「咦？」

「只要觀察開幕典禮的氣氛就會明白了。無論如何，妳不覺得掉包彩繪玻璃實在是非常高明的作法嗎？」

「不是我做的。」

梅莉達這麼回答，於是黑髮少女彷彿女演員一般表現出驚訝的演技。

「我根本沒說是梅莉達做的喔。」

LESSON: Ⅲ

～祭典的尾聲，抑或開端～

「……嗚！」

「妳現在沒心情跟我聊天嗎？」

梅莉達咬緊嘴脣，於是黑髮少女像是顧慮到她心情似的轉過身。

「我會再來見妳的。選拔戰加油，我支持妳喔。」

梅莉達還沒能回應，黑水晶秀髮的少女便在談話室的入口轉身消失。簡直就像真的是妖精還什麼一樣，女孩一眨眼就離開了現場。

梅莉達深深嘆了口氣，這時又再次響起聲音。

「小姐。」

接著有人影從陽臺上空飛舞降落。梅莉達這次真的大吃一驚。

「老師。你……你什麼時候來的？」

「十分抱歉，我原本不打算搭話的。」

「你……你從一開始就在了嗎……」

看來從梅莉達離開房間時起，就一直被庫法守護著的樣子。似乎讓他擔心了。

梅莉達來到陽臺，庫法看向談話室的入口。

「剛才那位是？」

「呃，她好像是德特立修的學牛。這麼說來，我連名字也沒問呢。」

「這樣啊……」

庫法微微瞇細單眼，他注視著黑暗的同時，在想些什麼呢？

就在這時，仰望著庫法臉龐的梅莉達，終於無法按捺住自己的心情。

她從正面緩緩抱住庫法穿著襯衫的胸口。

「小姐？」

「不是我做的……」

從胸口傳來悶悶的聲音，讓庫法吃驚地眼眸游移。

梅莉達緊抓著庫法的胸口，同時淚流不止。

「不是我做的。不是我掉包的。我並沒有破壞大家難得一起製作的彩繪玻璃。明明如此，大家卻說都是我的錯！每個人……每個人都說是我不好！我明明沒有做任何壞事！」

「小姐。」

庫法用力地緊緊回抱住梅莉達。他用雙手牢牢地包住不停啜泣的纖細女孩。

庫法將嘴唇貼近宛如黃金工藝品般的頭髮，同時說給梅莉達聽。

「即使全世界的人都懷疑小姐，唯有我仍然會站在妳這一邊。」

「老師……！」

LESSON: III
～祭典的尾聲，抑或開端～

「所以小姐也請相信我。相信我是信任妳的。」

幾乎所有燈光都已經熄滅的宿舍塔。在彷彿要壓扁人一般的黑暗中。

梅莉達就宛如僅僅一顆閃耀發亮的星星，庫法一直緊抱住那樣的她。

庫法感受著少女的體溫，同時在內心越發堅定地下定決心。

梅莉達每滴眼淚，對庫法而言都比鑽石更具價值。讓小姐悲傷的罪過是很重的——

我一定會讓妳遭到報應！真正的犯人（馬迪雅）！

賽蓮

種族：玻璃寵物

HP	30			敏捷力	1
攻擊力	305	防禦力	5		

特性

水晶海的女王／玻璃的記憶

概要

君臨葛拉斯蒙德宮的屋頂游泳池，有著水精靈外貌的玻璃寵物。
擁有隨興操縱水流的能力，有時協助享受游泳樂趣者，有時則玩弄他們。沒有人知道那善變的心情究竟是模擬誰的靈魂。
對於造訪游泳池的人們而言，會是一場愉快的假期，或是變成風波不斷的騷動，可以說都要看比水更難捉摸的賽蓮的心情吧。

LESSON: Ⅳ ～美妙的歌聲與碎裂的器皿～

LESSON：Ⅳ　～美妙的歌聲與碎裂的器皿～

那場宛如夢境般的歡迎派對隔天早上——

梅莉達與愛麗絲，還有庫法與蘿賽蒂一起上學時，看見校舍塔一樓的大廳中，有個玻璃製的大型天秤，擺飾在最顯眼的位置。

四個彎曲的支柱前端吊著玻璃籃，分別掛著「梅莉達」、「愛麗絲」、「琪拉」、「莎拉夏」的名牌。

四個籃子的底部鋪滿了五顏六色的小巧玻璃石。份量各有差異。「琪拉」的籃子裡堆起最大的一座山，然後是數量相差甚多的「莎拉夏」，比莎拉夏再少一半的是「愛麗絲」。然後掛著「梅莉達」名牌的籃子，只有六顆石頭聊勝於無地躺在裡面。

「小姐，這些玻璃石的數量代表什麼呢？」

「是得票數。」

梅莉達似乎沒有受到多大的打擊，她若無其事地回答。

「除了選拔戰出場者之外的學生，會拿到四顆這種玻璃石，一顆石頭代表一點的投

票權。要何時放入石頭都無妨，但不能拿出來重新放入別的籃子裡。所以一般似乎會分成四次投票，分別是在考驗開始前的事前評價、第一考驗結束後、第二考驗結束後，還有第三考驗結束後。」

「原來如此。然後在三場考驗結束後，最終得到最多玻璃石投票的候補生，將獲得月光女神的桂冠是吧。」

庫法理解之後點了點頭，再次抬頭仰望玻璃製的巨大天秤。

「換言之，目前是選拔戰的事前評價啊……」

「我好像完全不受期待。」

梅莉達彷彿已經習慣一般，輕輕地笑了。不過庫法指著掛有梅莉達名字的籃子底部給她看。可以看見幾道閃亮的光輝。

「請看，小姐。儘管如此，還是有幾個人支持著小姐喔。」

「真的呢。好開心喔。」

梅莉達的嘴唇就宛如花朵一般燦爛地笑開。

這時，鐘聲在校舍塔上層響起。這是班會即將開始的暗號。一行人邁出步伐，前往平常的教室。梅莉達無意識地想跟堂姊妹牽手……卻發現該握住的手並不在身旁。

「愛麗？」

LESSON: Ⅳ

～美妙的歌聲與碎裂的器皿～

轉頭一看，只見愛麗絲一個人還在仰望著天秤。她茫然地在想事情，似乎也沒注意到鐘聲。

「愛麗，上課會遲到喔。」

「啊……嗯。走吧。」

愛麗絲啪噠啪噠地追趕上來，與梅莉達勾著手臂邁出步伐。

雖然兩人感情融洽，看來十分溫馨，但遺憾的是兩人並不同班。梅莉達與愛麗絲分開，進入自己的教室，一走進教室門，同班同學們的視線便同時聚集到梅莉達身上，接著不自然地移開。

每個人都不時偷瞄著這邊，但絕不會試圖向梅莉達搭話。

「……早安，各位同學。」

「早……早安，梅莉達小姐！」

梅莉達主動打招呼後，同學們彷彿感到畏懼似的逐漸遠離。

今天從離開宿舍房間後，就一直是這種情況。理由很明顯。昨晚在歡迎派對上發生的事情還殘留著影響吧。梅莉達彷彿變成磁鐵一般，沒有人想靠近，梅莉達無可奈何，只好將書包放到周圍沒有人的角落座位上。

就在庫法隱藏著嘆息，同時坐到就在旁邊的樓梯時。

「……早安，梅莉達。」

一名同班同學坐到了隔壁的椅子上。因為是個太過突然且意外的對象，梅莉達的聲音也不禁走調。

「涅……涅爾娃，早……早安。」

「…………」

板著一張臉沉默下來的，是以前把梅莉達當標靶欺凌的女孩，涅爾娃・馬爾堤呂。這麼說來，她不知何故主動報名當梅莉達的小組成員，但還沒有時間跟她好好聊一下。涅爾娃的姊妹從有些距離的座位，看似擔心地觀察情勢發展。就在梅莉達心神不定時，涅爾娃托腮，她一邊眺望窗外，一邊悄聲說道：

「……要怎麼做？」

「咦……什……什麼怎麼做？」

「所以說，那個……」

「…………」

「…………」

之後兩人都陷入了沉默。

看到話題遲遲沒有進展，庫法「咳哼」一聲清了清喉嚨，同時站起身來。他繞到桌子前，於是少女們的視線彷彿在尋求去處似的集中在他身上。

「小姐們，我知道兩位之間有很多因緣，遺憾的是，現在並沒有時間讓妳們慢慢和好。請妳們先快速地締結信賴關係——握手！」

庫法用左右兩手比出握手的姿勢，於是少女們戰戰兢兢地面對面。儘管動作有些生硬，兩人仍不約而同地伸出手互相握住。

彷彿這樣就讓她下定了決心一般，涅爾娃連珠砲似的滔滔不絕起來。

「那麼來討論選拔戰吧！妳有什麼想法嗎，我可不想在德特立修學生面前丟大臉喔。」

梅莉達也放棄思考複雜的事情，她以率直的語調回答：

「我想過了，覺得我們的優勢果然還是神華學姊站在我們這邊這件事。」

「說得沒錯呢。那麼要這麼做嗎。由我和梅莉達貫徹輔助工作，看是要當誘餌或盾牌……」

「沒錯。然後只要神華學姊能幫忙製造一個表現的機會，就算落敗，也不至於變得太悽慘吧。」

「這主意不壞呢。這樣的話，之後就是看要如何吸引敵人的注意——」

劈哩！庫法用木刀敲打手心，讓兩人閉上嘴巴。梅莉達與涅爾娃的肩膀也跳了起來，她們反射性地端正姿勢，抬頭仰望庫法。

「妳們這群窩囊廢，給我坐好了。」

「是……是的……」

「話說你是從哪兒拿出木刀……」

「想要輸得好看一點？說什麼夢話。既然要做！當然就要盡全力以獲勝為目標才對吧！」

「咦……咦咦咦咦？」

「庫法大人，不過按照常識來想，我們沒說錯吧？」

涅爾娃維持一貫慎重的立場，敘述自己的意見。

「這不是在挖苦，而是以客觀角度來說——在這次的選拔戰中，梅莉達要以名列前茅為目標很困難吧。畢竟說到其他候補生，以德特立修的『王子』為首，那個叫莎拉夏的女孩，據說在那邊也是最優秀的一年級生，而且關於愛麗絲小姐就更不用說了……您看到大廳的天秤了嗎，那得票數的差距，正直接暗示著選拔戰的將來喔。」

「有趣。妳究竟把我當成誰了？」

彷彿在說賠率愈高愈讓人燃起鬥志一般，庫法揚起嘴角。

「正因為不被任何人期待，才能演出每個人都會大吃一驚的奇蹟。妳難道已經忘了上學期的公開賽嗎？那一天，在幾千名觀眾當中，有哪一個人能預料到梅莉達小姐的勝利呢？」

「唔……你竟然對被她打敗的我提這件事？」

「正因為妳在最靠近的距離目擊，妳的感受應該比任何人都深刻。」

看到年長男子絕不讓步的姿態，涅爾娃像是放棄似的嘆了口氣。

梅莉達有些為難，但又有些開心似的對涅爾娃說道：

「對不起喔。老師平常雖然很成熟，但碰上我的事情，有時好像就會像這樣變得很孩子氣。」

「那樣聽起來只像在曬恩愛而已。」

涅爾娃看似頭痛地嘆了口氣後，姑且也點頭同意了。

庫法看似滿足地點頭回應，對兩人更激昂地說道：

「很好。今後一個月的期間，我會以讓小姐當選月光女神為目標，嚴格地進行指導，請做好覺悟。記得每天放學後的預定行程都要空下來！」

「我怎麼會自己報名要參戰呢……」

「目前的條件是──」

對於涅爾娃的感嘆，庫法完全是左耳進右耳出，他繼續說道：

「先完整地湊齊梅莉達隊，也就是包括我在內的四人呢。」

「那麼，得去找神華學姊呢。」

梅莉達這麼確認，不過，她有一點尷尬地與涅爾娃面面相覷。

「但是，總覺得高年級生的教室……」

「很難進去呢。」

「而且我現在又處於被整個學院的人冷眼相看的狀況……」

「不曉得會被學姊們怎麼說呢。」

「盡可能找個人比較少的時間吧，什麼時候好呢？」

「挑假日比較好吧。神華學姊應該沒有隸屬於哪個社團，只要耐心地等候她離開宿舍塔的瞬間——」

劈哩！

「「不如今天午休就行動吧！」」

庫法一敲響木刀，梅莉達與涅爾娃便立刻挺直了背。

† † †

LESSON: IV ～美妙的歌聲與碎裂的器皿～

「我還以為妳們會再磨蹭一陣子……居然這麼快就衝來三年級生的教室，妳們挺有膽量的呢。」

神華．茲維托克傾斜著紅茶杯，同時有些惡作劇似的笑了。

地點是蓋在藥草園旁，弗立戴斯威德學生專用的露天咖啡廳。周圍的餐桌也可以看見不少女學生們正在享用午餐，不時有好奇的視線聚集過來。這也難怪，從旁人眼裡看來，這集團是相當奇妙的組合吧。

學院唯一的男性騎士、他所服侍的無能才女，坐在無能才女旁邊的是之前欺負她的同學，甚至還有全校學生憧憬的學姊……這光景實在太不可思議，讓咖啡廳四處掀起熱烈的討論。

在少女們熱烈的注視下，庫法首先恭敬地鞠了個躬。

「昨晚的歡迎派對多虧有您出手相助，在此向您致謝，茲維托克小姐。」

「不用多禮。以我的立場來說，能夠參加選拔戰也是很名譽的事情。」

神華以從容的笑容這麼回答，積極地挺身探向餐桌。

「那麼，我們畢竟是急忙組成的小組，也沒時間慢慢來呢。立刻開始選拔戰的對策會議吧——梅莉達學妹，候補生應該有從學院長那邊拿到考驗概要吧？」

「啊，是的！我帶來了。」

梅莉達從書包裡拿出捲成圓筒狀的羊皮紙。她解開繩子，把羊皮紙在餐桌中央攤開，讓所有人都能看見內容。每個人各自探出身子，從四個方向湊近了頭。

羊皮紙上點綴著下列的文字。

＝＝＝＝＝＝＝＝＝＝＝＝＝＝＝＝＝＝＝＝＝＝＝＝＝＝＝＝＝＝＝＝＝

＊第一場考驗「乾杯」　舉辦日期：九月第二週第七天　地點：屋頂游泳池

向游泳池的守護女神——玻璃寵物「賽蓮」展現出符合候補生資格的美麗與氣度，從她背後奪取羽翼。

此外，會替候補生準備專用泳裝。另行確認。

＊第二場考驗「被操控的舞蹈會」　舉辦日期：九月第四週第三天　地點：中庭

把搭檔比擬成國王，與一名候補生進行實戰性西洋棋遊戲。

各式各樣的玻璃寵物將會成為玩家的棋子。

※詳細遊戲規則會在第一場考驗後通知。

※考驗開始時會追加特別規則。

LESSON IV

～美妙的歌聲與碎裂的器皿～

＊第三場考驗「奇蹟之城」　舉辦日期：十月第二週第一天　地點：整座宮殿

所有候補生與小組成員，將以大混戰來一決雌雄。各自別在胸口上的勳章，候補生的價值三分，小組成員的則價值一分。

在三十分鐘的限制時間內，使出渾身解數來確保分數吧。

＝＝＝＝＝＝＝＝＝＝＝＝＝＝＝＝＝＝＝＝＝＝＝＝＝＝＝

將內容看完後，神華從羊皮紙上縮回身體。

「距離第三場考驗還有時間。關於第二場考驗，現在煩惱也不是辦法——目前問題在於三天後即將到來的第一場考驗的對策呢。」

涅爾娃也坐回椅子上，面向神華。

「我很久沒進游泳池了。雖然大致明白要做什麼，但妳認為『展現美麗與氣度』是什麼意思呢，學姊？」

「簡單來說，就是要我們迷惑那個叫賽蓮什麼的，獲得觸摸羽翼的許可吧。可能會需要有什麼表現呢……」

「妳的意思是？」

「就是光呆站在原地是不夠的。例如演奏樂器，或是秀一下特技……我想那考驗大

概是要檢視參賽者作為淑女的教養。」

「那個……」

這時梅莉達戰戰兢兢地舉起手，讓整桌人的視線集中在他身上。

「怎麼了嗎，小姐？」

「我……我對游泳沒什麼自信……」

其他三人的肩膀垂了下來。庫法重振精神，抬起了頭。

「那麼就練習一下吧。」

「但是，庫法大人，要在哪裡練習？在聖弗立戴斯威德，應該說游泳設施本身就不常見，何況是能夠練習游泳的寬敞水池呢……」

「原來如此，真傷腦筋呢……」

他與涅爾娃並肩苦惱著時，神華像是忽然注意到什麼似的抬起了頭。

「我想到能游泳的地方了。」

「真的嗎？」

「在宿舍塔的六樓有個大浴場，只有學生會人員或宿舍的監督生才能使用。我偶爾也會到那裡洗澡，依照大浴場的寬敞度，應該足以練習游泳。」

神華將手指貼在下顎，一邊思考一邊編織出話語。

LESSON: IV ～美妙的歌聲與碎裂的器皿～

「如果撞上其他女孩的洗澡時間就不妙了……我來想辦法包下從晚上十一點起的一個小時吧。抱歉時間很短，但請你用三天期間嚴格地鍛鍊梅莉達學妹吧，庫法老師。」

庫法將手心貼到胸口，再次鞠躬。

「感謝妳的協助，茲維托克小姐。」

「原來神華學姊也是宿舍的監督生呢！」

梅莉達投以尊敬的眼神。不過神華很乾脆地搖了搖頭。

「不是，怎麼可能。誰會接下那種麻煩的工作呀。」

「咦，可是，學姊剛才說必須是學生會的人或監督生才能使用……」

就梅莉達所知，神華並非學生會成員。只見神華一臉若無其事地啜飲紅茶，迂迴地揭露了答案。

「月光女神的權威很方便呢。」

庫法等人立刻各自移開視線，拿起茶杯。彷彿剛想起來似的指著蛋糕架，讚不絕口地說著這裡的烘焙點心是人間美味。

因為的確是很方便，大家決定當作什麼也沒聽到。

† † †

當天晚上，過了宿舍塔的熄燈時間後。庫法與梅莉達兩人立刻為了通過第一場考驗，動身進行游泳練習。他們先繞到縫紉室拿候補生用的特製泳裝，然後照神華告訴他們的，以六樓大浴場為目標。

並非學生會人員也非監督生的梅莉達在這種時間到外面晃，倘若被修女舍監發現，會立刻狠狠挨一頓罵吧。庫法充分發揮武士位階的技能，巧妙地避開巡邏的燈光，同時帶領梅莉達上樓。

庫法有時會確認一下神華幫忙畫的校內地圖。

在宿舍塔六樓打開地圖上有打勾的門，門後便是目的地大浴場。

「愛麗和蘿賽蒂大人似乎還沒來呢。」

梅莉達環繞異常寬敞的更衣室，將手提行李放到一個籃子裡。庫法決定在反方向的架子前換衣服。那位置剛好會與梅莉達背對背。

梅莉達也跟愛麗絲透露大浴場的事情，向她提議分配有限的這段時間與場所來進行共同練習。因為梅莉達擔心與她同樣突然變成要出場的愛麗絲，可能也正為了游泳這個

LESSON IV

～美妙的歌聲與碎裂的器皿～

課題感到苦惱。

以庫法的立場來說，他也絲毫不打算對姊妹的友情潑冷水。話雖如此，但那個安傑爾家分家的銀髮少女，也是在選拔戰中的強力勁敵之一。庫法立刻鬆開軍服的皮帶，同時向梅莉達搭話：

「時間有限，我們先一步開始進行訓練吧。」

「是……是的…………那個，老師？」

梅莉達一邊解開領口的扣子，同時觀察著庫法這邊。

「我……我要換上泳裝，所以接著必須先把衣服全部脫掉才行……唔……你……你不可以偷窺喔！要是被偷看，我馬上就會知道……不過，如果老師無論如何也想看，我……我可以稍微睜隻眼閉隻眼——」

梅莉達話說到一半，庫法便咚！一聲地擺出折疊式屏風。他將屏風在梅莉達周圍啪啦啪啦地展開，同時露出微笑。

「小姐請用這個吧。不用擔心，我設想得很周到。」

看到家庭教師浮現出準備萬全且洋溢著自制心的紳士笑容，梅莉達不知為何一副無法接受的樣子，她繃緊嘴唇……

「謝謝你的貼心！」

用看來非常複雜的表情這麼說道，並氣憤地跺腳。

她以有些凶猛的氣勢換起衣服，屏風對面開始傳來衣服摩擦的聲響。

雖然不及小姐，但庫法也是理性與煩惱只有一線之隔。他甩了甩頭驅除邪念，說了聲「那麼──」並背向梅莉達，開始脫起衣服。

話雖如此，但與梅莉達不同，這邊並沒有準備男性用泳裝這種貼心的東西。因此庫法折疊起軍服的外套，卸下領帶並脫掉襯衫，只要把襪子也脫掉並捲起褲管，這樣就準備完畢了。庫法知道會弄濕衣服，自己帶了替換的褲子和內褲來。

就在庫法這樣裸著上半身等候梅莉達換衣服時，屏風對面忽然傳來「啊！」的聲音。

「哎呀～……傷腦筋呢。」

「怎麼了嗎？」

「我看到標籤才發現，我好像搞錯，拿了愛麗的泳裝來。這下該怎麼辦呢……」

「要回去拿嗎？」

說是這麼說，但庫法等人能使用大浴場的時間只有一個鐘頭。要是現在又跑回縫紉室，且慎重地折返回來以免被別人發現……一想到這些，必然會耗費相當多時間。

梅莉達似乎也有同樣的想法，感覺她在屏風對面搖了搖頭。

「既然是愛麗的就算了，就這樣借來穿吧。」

LESSON: IV

～美妙的歌聲與碎裂的器皿～

「尺寸沒有問題嗎？」

「不要緊。我們的身體大小幾乎一樣，所以從以前就經常互借衣服來穿……慢點，老師在想像些什麼呀！」

「我……我什麼也沒想像，請快點換吧。」

庫法腦海中不禁差點浮現公爵家姊妹裸體一事，是不能外洩的祕密。

窸窸窣窣的衣服摩擦聲持續了一陣子後，換上泳裝的梅莉達小姐從屏風對面現身了。

那並非單純的泳裝，而是為了參加考驗的候補生們製作的特別衣裳。雖然是兩件式泳裝，但因為很多裝飾，並沒有那麼強調露出的部分。神祕的薄紗給觀者帶來一種與其說是游泳，更像具備儀式用途的印象。

梅莉達忸忸怩怩地遮掩肌膚，同時紅著臉仰望庫法。

「怎……怎麼樣呢，有沒有什麼奇怪的地方……」

「小姐真的是無論穿什麼都好看。穿上洋裝便成了公主，女用睡衣打扮就宛如森林的妖精。現在則是可愛的泳裝美人魚……」

「討厭，老師真是的……」

呀啊——小姐看似害羞地摀住臉頰，接著她的臉漲得更紅，同時一臉難為情地遮住雙眼。她從手指縫隙間不時窺探這邊。

「老師也是，原本給我更纖瘦的印象，但老師的身體簡直宛如雕像一般……！」

庫法稍微擺出秀肌肉的姿勢，回應梅莉達。

那麼，評論會大致結束後，兩人立刻踏進了大浴場。

就如同神華所說，是相當奢侈的洗澡設施。大理石地板與等距並列的柱子，還有垂掛在天花板上的水晶吊燈，輝煌地照耀著寬敞的空間。這種高級待遇——

「我昇上二年級之後，要不要報名進入學生會呢……」

讓人能夠理解縱然並非住宿生的梅莉達小姐，為何也不禁這麼低喃。

然後最重要的浴缸，寬度將近十五公尺，還有庫法站在浴缸底板上，熱水也能浸到腰部的高度。倘若是才十三歲，個頭嬌小的梅莉達，要用來練習游泳可說綽綽有餘吧。

雖然寬度讓人有點不安，但要是再奢求更多，會遭到天打雷劈吧。

「那麼，我來確認一下姿勢，請小姐按照我的指示游游看。」

「是……是的！」

梅莉達有些緊張的樣子，她在浴缸裡讓身體浮起來。她聽從家庭教師的指示聲，在浴缸裡左右移動，像是沿著庫法周圍繞圈圈一般，自在地撥水給他看。

「從打水開始，轉成自由式、仰式——怎麼，其實小姐能夠順利游泳嘛。」

LESSON: IV

～美妙的歌聲與碎裂的器皿～

「真的耶。雖然幾年沒游了，但意外地不會忘記怎麼游呢。」

「這樣的話，只是讓身體習慣水也——不，請等一下。」

庫法的指尖貼著鼻梁。根本沒戴著的眼鏡發出犀利的亮光。

「這種不起勁的訓練……實在太無聊了吧。」

「為什麼老師這麼想要提昇難度呢！」

「小姐在說什麼呢，畢竟不曉得在考驗時會發生什麼事，必須力求萬無一失——因此我拿出來的東西是這些，十枚硬幣。」

庫法從口袋裡拿出幾枚金色硬幣放在手掌中，硬幣閃閃發亮。接著，他緩緩地用拇指「叮——」一聲地彈起硬幣，在半空中飛舞的亮光掉落到浴缸裡。緊接著叮、叮、叮、叮叮叮——的清脆聲響迴盪在室內，黃金的碎片們以讓人眼花繚亂的氣勢，在浴缸四處掀起漣漪。

庫法雙手在背後交扣，看似愉快地露出微笑。

「那麼小姐，開始考試吧。請將這個浴缸裡的十枚硬幣全部收集起來。限制時間是三分鐘——那麼，開始！」

「好……好～……我要加油！」

梅莉達握緊雙手鼓起幹勁，撲向水中。

熱水本身清澈透明，而且沉落水底的硬幣閃閃發亮地強調著存在，因此這並非多困難的課題。梅莉達中間換氣了幾次，同時順利地收集起黃金碎片。她一口氣拿到三枚，順利地來到五枚，眨眼間累積到七枚，然後拿到第八枚、第九枚硬幣——

梅莉達噗呼一聲地換氣，她看來有些著急地環顧浴缸。

「咦……奇怪，真奇怪呢……第十枚跑哪兒去了呢？」

「哎呀，真是奇怪呢。」

無論環顧浴缸底部的哪裡，都找不到那一顆黃金。然後眼前是雙手交扣在背後，面帶微笑的家庭教師身影……梅莉達立刻靈光一閃。

「——啊，我知道了！第十枚在老師手上！」

「正確答案。來吧，限制時間剩下一分鐘嘍。」

庫法秀出藏在交扣在背後手上的最後一枚硬幣，在浴缸裡面擺出戰鬥態勢。梅莉達的眼神也變得犀利，她一蹬浴缸底板。

「喝！」

她筆直跳向庫法，但家庭教師敏捷地閃開，速度快到難以想像是在熱水當中。梅莉達沒有停歇，她兩三次伸出手臂，但她的手心仍非常輕易地被避開。梅莉達徹底受到水的阻力影響，讓她的腰使不上力。

LESSON IV
～美妙的歌聲與碎裂的器皿～

「剩下三十秒——小姐，別忘記我們是瑪那能力者。」

「原……原來如此！」

庫法的建議讓梅莉達連忙將思念集中在內心深處。

過了一會兒，黃金火焰從泳裝打扮的梅莉達全身解放出來。反射光將整個浴缸染得神聖無比。庫法淺淺地露出微笑，同時更壓低了腰。

「小姐。請妳學會在解放瑪那的狀態下，一邊承受水的阻力，一邊行動的感覺。身體感覺應該比平常相差甚多。請留意不要拿捏錯力道……」

「我明白了！」

梅莉達活力充沛地回答，總之盡全力試著一蹬浴缸底板。

嘩啦——！水面爆發了。

水花盛大地濺起，從浴缸裡跳出來的梅莉達飛舞到上方，非常接近高高的天花板。無論怎麼想都太過用力了。庫法驚訝地瞠大了眼。

「小……小姐！」

出乎意料的狀況讓梅莉達大吃一驚。庫法無法放任梅莉達摔落水面，他準確地一蹬浴缸底板，衝向掉落地點。

梅莉達宛如慢動作一般掉落到庫法的手臂中，隨後再次發出嘈雜的水聲與驚人的水

花。庫法庇護著梅莉達，同時從背後沉入浴缸。

「「咳咳……！」」

兩人一起在熱水中吐泡泡，同時勉強爬向水面上。庫法順勢背靠在浴缸邊緣。要是跳躍的氣勢再猛烈一點，險些就撞上大理石了。

梅莉達被庫法強壯的手臂抱住，從像是推倒庫法一般的姿勢窺探著他的臉。搭在庫法肩上的手，感到過意不去似的緊緊握住。

「對……對不起，老師。你不要緊吧？」

「小……小姐才是，沒受傷吧？」

「我一點事都沒有喔，因為老師保護了我……」

「我也是，這點程度根本算不了什麼。小姐沒事真是萬幸。」

「是的。彼此都沒事，真的太好——」

「啪」的一聲。

這時，從近處響起了明顯的異音。跟水聲不同，那是一種讓人直覺地明白有什麼東西出現破洞的異音。梅莉達蹙起眉頭的同時，衣服發出咻唰的摩擦聲。

隨後，上半身的泳裝從她的胸口滑落下來。

這是在庫法眼前發生的事情。庫法無法立刻理解這狀況，視線理所當然地被裸露出

來的膚色給吸引過去。毫無防備地暴露出來的胸部，正處於發育期的雙丘。鮮嫩的草莓在感覺很好吸的前端挺立起來。

水滴滑過鎖骨，從雙峰間滑溜地爬上右胸，在頂點的桃色部分閃耀透明的光輝之後……滴答一聲，在庫法的嘴脣上彈起。

「噫……！」

難以掌握自己身上發生什麼事情的小姐，這時總算回過神來。她遮住裸露的胸部，一邊發出哀號，同時蹲到浴缸裡。

「討厭啊啊啊啊啊啊——！」

「這聲音是……莉塔？」

然後，所謂的悲劇就是會接踵而至。

才在想從更衣室那邊傳來其他聲音，便看到有人氣勢猛烈地打開了門。連浴巾也沒圍的裸體少女們，從熱氣的對面飛奔過來。

「妳怎麼了，莉塔！」

「等一下，愛麗絲小姐！至少圍條浴巾！」

主動跳到庫法前面的不是別人，正是愛麗絲・安傑爾與蘿賽蒂・普利凱特。她們一認出庫法的身影，便停下腳步，發現在浴缸裡滿臉通紅，裸著上半身的梅莉達，接著總算顧慮到自己的裝扮。

她們大概是換泳裝換到一半吧。勉強還穿著內衣的蘿賽蒂也就罷了，愛麗絲整個人從上到下都膚色全開，處於連浴巾都沒圍的狀態。庫法驚訝得目瞪口呆，他的視線不禁看遍了少女們性感肢體的每個角落——隨後，猛然一閃的雙手護住胸部與腰部，以防視線侵襲。

愛麗絲的表情難得地害羞起來，同時染成憤怒的朱紅色。蘿賽蒂發出「噫嗚！」的僵硬聲音，眼眸甚至浮現出淚水。

無論是誰，都能預料到在一瞬間後等待著的未來吧——

庫法甘於承受那彷彿要刺破鼓膜般的尖叫。

「「呀啊啊啊啊啊啊啊！」」

——追根究柢。

一行人聚集在這裡，不是為了洗澡，而是來練習游泳的。她們也知道負責指導梅莉達的庫法也在這裡，再說是她們先裸體突擊過來的，所以庫法應該有充分辯解的餘地，但是……

「請原諒我的失禮，小姐們。我願意接受任何懲罰……」

庫法沒有添加多餘的話語，只是深深地跪下。在裸體上圍著浴巾的三名少女，坐在浴缸邊緣，慌張地揮動手掌。

「不……不會的，畢竟這不是老師的錯……」

「倒不如說，是我們明知你在，卻還是跑了進來……」

「…………」

只有愛麗絲仍然一言不發，啪沙地踢著浴缸。

她這一踢讓熱水從頭淋了庫法全身，但如果這樣就能平息這場風波，倒也無所謂吧。庫法甩了甩頭揮開水滴，同時重新面向少女們。

「感謝妳們寬敞的心胸——那麼，暫且不提這些。小姐們，請看這邊。」

庫法遞出來的是梅莉達剛才穿的泳裝上半件。梅莉達似乎想起剛才發生的意外，她臉頰泛紅，同時用疑惑的眼神確認泳裝。

「這麼說來，為什麼會突然掉落呢？」

「請看領口打結的地方，有不自然的裂縫。」

「咦，這也就是說……！」

蘿賽蒂猛然抬起頭。庫法慎重地點頭回應。

「這件泳裝被動了手腳，要是穿上這個做劇烈運動，就會掉落下來。這件泳裝是梅莉達小姐拿錯，其實是愛麗絲小姐的東西。然後我確認了一下愛麗絲小姐拿來代替的梅莉達小姐的泳裝，並沒有找到這樣的機關。換言之，這是針對某個候補生……倒不如說，是針對愛麗絲小姐的找碴行為。」

「不能原諒！竟然用這種做法來扯別人後腿！」

擔心堂姊妹的梅莉達滿臉通紅地站起身來。愛麗絲依然面無表情地制止她，並盯著庫法看。她的視線緊貼在庫法的臉頰上。

「以我的立場來說，比起那個，被庫法老師看光比較嚴重。」

「總……總而言之！」

庫法咳了兩聲清喉嚨，同時表情嚴肅起來，注視著少女們。

「小姐們，透過這次事件，可以確定一件事。就是在我們的周圍，有人企圖妨礙這場選拔戰——請多加留意。」

† † †

儘管懷著許多疑慮，時間仍在眨眼間流逝，一下到了三天後。終於要開始選拔戰的首戰，四名候補生挑戰第一場考驗的時刻來臨了。

在葛拉斯蒙德宮的屋頂，設置著寬度超過五十公尺的大型游泳池。當然，建材全部是玻璃製。青色光芒從神祕的水槽底部裊裊升起，創造出彷彿水本身在閃耀一般的夢幻光景。

從游泳池外圍掀起呀啊呀啊的尖銳歡呼聲。數量超過三百人的泳裝女學生們，有的游泳，有的互相潑水，活蹦亂跳地嬉戲著

需要大量水的游泳設施，是弗蘭德爾最奢侈的娛樂之一。彷彿可以聽見少女們內心吶喊「選拔戰萬歲！」的聲音。

「各位同學！我們允許大家進入游泳池，但記得別妨礙到考驗，還有留意不要被捲進考驗而受傷了，明白吧！」

一如往常穿著長袍的布拉曼傑學院長，沿著游泳池邊緣行走，並大聲提醒學生們。「受傷」這句話讓原本興高采烈的女學生們表情稍微緊張起來。

游泳池中央有個圓形底座，上面躺著一尊玻璃人偶。上半身是美女的樣貌，下半身則是魚的模樣。而且背後還有一對鳥的羽翼……那就是被稱為游泳池守護女神的玻璃寵物「賽蓮」。

現在有四艘貢多拉船從游泳池邊緣划了起來，像是要圍住賽蓮一樣。不用說，每艘船上可以看見各個候補生的身影。青色光芒照耀著為了這場考驗製作的特製泳裝，薄紗

LESSON IV
～美妙的歌聲與碎裂的器皿～

隨風擺動。

在第一場考驗中，並沒有搭檔或小組成員的協助。必須靠每個候補生自己的力量去面對困難。

一臉緊張的梅莉達、一如往常面無表情的愛麗絲、縮起肩膀的德特立修候補生莎拉夏，還有兀自浮現從容微笑的「王子」琪拉。平等地環顧四名候補生後，學院長以能響徹整座游泳池的音量，大聲說道：

「那麼，我再次確認考驗的概要。第一場考驗『乾杯』的目標，是從賽蓮背後奪取她力量泉源的羽翼。如果很難拆下，即使破壞也無妨——總之，賽蓮是個難以取悅的女士，展現出符合月光女神候補生的美麗與氣度，才是攻略的關鍵吧。」

庫法與蘿賽蒂沒有進入水中，站在游泳池邊的後方聆聽宛如小提琴一般悠然自得的聲音。蘿賽蒂穿著從學院借來的泳裝，庫法則按照慣例，是上半身裸體，下面穿褲子的打扮。

梅莉達與愛麗絲從浮在遙遠水面上的貢多拉船那邊看向了這裡。庫法摸了摸後頸與腰部示意。她們各自再次確認泳裝的打結處，確實地點頭回應。

在考驗開始前，庫法等人也確認過，這次泳裝本身似乎沒有被動手腳。話雖如此，仍不能掉以輕心。在學院的某處——不如說，可以確定在這座游泳池裡，肯定有人企圖

妨礙選拔戰。

「果然是那個叫布拉克．馬迪雅的傢伙搞的鬼嗎？」

蘿賽蒂從旁邊湊近嘴脣，對庫法耳語。庫法難以立刻回答，他搖了搖頭。

「我不知道。況且讓小姐們參加選拔戰，對那傢伙有什麼好處嗎。還有她是以什麼為目的，試圖妨礙選拔戰呢……」

「這麼說來，關於這場考驗，你不覺得有點奇怪嗎？」

蘿賽蒂將身體靠得更近，同時指向優雅躺著的玻璃人偶。

「那是人魚對吧，我的印象中，人魚好像不太會『認同他人之美』耶。」

「……小姐們好像沒注意到，因此我沒有插嘴。」

庫法猶豫了一下後，也開口說道：

「況且如果攻略方法是以美麗迷惑賽蓮，讓她中意自己，就跟考驗概要中的『奪取羽翼這種表現感覺印象有出入……如果只是單純的語病就好了。」

不祥的預感一直膨脹起來，另一方面，布拉曼傑學院長最後再一次環顧整座游泳池，然後高聲宣言：

「那麼，差不多該開始進行考驗了！觀戰的同學們請更靠近游泳池角落，不想有可怕回憶的話，就離水上岸——香頌小姐，妳太往前了。對了，千萬不能妨礙到候補生們

LESSON: IV

～美妙的歌聲與碎裂的器皿～

——那麼，大家都做好心理準備了吧！」

待在貢多拉船上的四人，各自點頭回應。學院長迅速地高舉手指。

「很好！那麼現在開始第一場考驗『乾杯』！」

玻璃製的鈴鐺彈奏出爽朗的旋律。天使的音色響徹游泳池上空，從外圍觀看考驗，數量超過三百人的女學生們，發出「哇啊！」的歡呼聲。

與此同時，玻璃寵物「賽蓮」一臉厭煩地睜開了眼皮。她坐了起來，像是要看發生了什麼事，只見她眺望著從四方靠近的四艘貢多拉船。

每艘貢多拉船與賽蓮保持一定的距離，停止了前進。觀戰的女學生們轉而屏住氣息，觀看情勢發展。在鴉雀無聲，空氣緊繃的屋頂游泳池裡，只有跳動般的水聲悄悄地響徹周圍。

梅莉達與愛麗絲之所以沒有採取行動，是因為庫法他們的指示。既然不曉得妨礙者有什麼企圖，首先就觀察其他候補生的行動。還有德特立修的候補生之一莎拉夏，無論怎麼看，都不是會率先上前的類型。

最後一名候補生琪拉，對始終不打算採取行動的一年級生嗤之以鼻。

「哎呀，大家都嚇到了嗎？那麼，首先由我上場吧。」

她氣勢洶洶地划槳，前進到賽蓮面前。在無色透明的視線注目下，琪拉把槳放在腳邊，拿出一把有精緻刺繡的扇子。

看來她似乎要表演「舞蹈」。舞蹈可以套用到戰鬥方式上的蘿賽蒂感興趣地探出身子。庫法也雙手交叉環胸，觀察情勢發展。

感情忽然從琪拉洋溢著自信的臉上消失無蹤。她變成精緻的面無表情，簡直就像人造品，彷彿被絲線操控一般，流暢地抬起手臂。

看到她那細長睫毛裝飾的眼眸，實在太過美麗，讓人打了個冷顫。

琪拉翻動手腕，在貢多拉船上跳起舞來。

彷彿緩慢波浪一般的動作。同時宛如微風一般纖細的舉止。她以整個身體表現出沒有片刻中斷的一連串故事。

她不受狹窄的踏腳處束縛，反倒是將被水封閉起來的那個空間發揮到最大限度，襯托出舞蹈。琪拉從貢多拉船邊緣朝搆不到的天空伸出手臂的瞬間，在旁觀看的女學生們都同樣「哦……」了一聲，發出感覺有些苦悶的嘆息。有幾個人啪噠啪噠地倒落在游泳池邊，一臉幸福地昏了過去。

這應該是毫無爭議的合格吧？庫法這麼心想，將視線移到賽蓮身上。

……應當是由藍色玻璃構成的身體，從胸口內部不斷冒泡，開始沸騰成赤紅色。

「咦……奇怪？」

就在看見同樣光景的蘿賽蒂表情僵住之後。

轟…………整座游泳池立刻沉重地震動了起來。

水面上掀起巨大的漣漪。在搖晃的貢多拉船上，琪拉的舞蹈遭到中斷。女學生們感到好奇地騷動起來。腳邊的震動慢慢變大變激烈。

賽蓮已經浮現出憤怒的表情。游泳池以她為中心，嘩啦嘩啦地晃動著，每隔一會兒就掀起的漣漪將四艘貢多拉船不斷推向外方。

「我有種不祥的預感耶。」

蘿賽蒂一邊站穩腳步以免跌倒，一邊大叫：

「那個賽蓮該不會**無法容忍比自己美麗的事物**吧？」

隨後，水面彷彿要整個掀起似的爆發，水龍伴隨著轟隆聲響飛了出來。正確來說是水流。寬度達兩公尺的水流匯集起來形成漩渦，一度延伸向上空之後，降落。那水流化為粗壯的長矛，襲擊琪拉的貢多拉船。

「咕──！」

琪拉一飛出去，垂直摔落的激流立刻粉碎了貢多拉船。激流在游泳池製造出巨大的漩渦，再次從水底引起巨大的爆炸。

游泳池濺起激烈的水花，水滴平均地降落到整個屋頂上。女學生們終於發出哀號，開始逃離游泳池。庫法與蘿賽蒂一邊確認沒有出現傷患，一邊相反地走近游泳池邊。

從水面探出頭的琪拉，仰望凶猛狂暴的賽蓮，大聲叫喊：

「這……這跟說好的不一樣嘛！這種傢伙該怎麼對付啊……可惡！」

琪拉全神貫注，只見瑪那火焰從她的全身噴射出來。她使盡全力一蹬水，飛舞向上方，順勢在水上奔跑起來。這是具備鍛鍊過的身體能力的瑪那能力者才辦得到的技術。

琪拉宛如打水漂的石頭，奔馳在游泳池上，她直接跳向了賽蓮。不過就在她跳過去之後，賽蓮立刻伸出玻璃手臂，草率地橫掃一下。簡直就像被神通力操控一般，彷彿窗簾一樣跳起的水流，吞沒了琪拉。

「咕啊……！」

連哀號都被抹消，吹飛十幾公尺的琪拉，摔落到水面上。

就連德特立修的「王子」都無法懷柔，來硬的也不管用。以梅莉達為首的其他候補生們，會猶豫不前也是理所當然的。就在這時，一直在尋找家教學生身影的蘿賽蒂，忽然拉起庫法的手。

「欸，等等，你看那個！愛麗絲小姐的情況好像不太對勁耶？」

不過，庫法無暇確認她所說的異樣感。憤怒的賽蓮隨即喚起了下一個災難。她的雙手彷彿聚集全身力量似的顫抖，接著唰！地張開雙手，朝上空解放力量。

LESSON IV ～美妙的歌聲與碎裂的器皿～

十個地方同時爆發，末日的大海嘯包圍住游泳池。水流以磅礴的氣勢低吼，高到讓人絕望的波浪一口氣砸向水面。梅莉達的貢多拉船在千鈞一髮之際免於翻船，但愛麗絲與莎拉夏的貢多拉船無計可施地翻了船，兩人的身影也逐漸被拖入波浪間。

「愛麗絲小姐！」

蘿賽蒂不禁要衝了出去，庫法苦惱地拉住了她的肩膀。

學院長現在也是面不改色地觀察著游泳池。考驗還在繼續。

這時，有一名弗立戴斯威德的三年級生，從游泳池邊看似焦躁地探出身子。

「啊，真是的，未免太難看了吧！如果是我，明明能處理得更漂亮……！」

「克莉絲塔會長，這樣很危險！請退後吧！」

不聽同學的警告，反倒更挺身探向游泳池的，是弗立戴斯威德原本的候補生克莉絲塔・香頌學生會長。從剛才開始就讓人屢次感到在意，她一直比其他一般學生更想置身於游泳池旁。

那股焦躁在最糟的時機害到了她。

賽蓮激動地瘋狂亂甩雙手，又是兩閃、三閃。水從水面隆起，在迸出水花的同時爆發。幾條水流自由自在地四處跳動，其中一條從上空強襲游泳池邊。

「會長，上面！」

「咦……？」

比克莉絲塔會長對警告聲做出反應要快了一瞬間，摔落下來的水流撞飛了她。克莉絲塔會長似乎因為那陣衝擊昏了過去，她被拋向游泳池，遭瘋狂肆虐的波浪吞沒，眨眼間便被拖入水底。

「「「克莉絲塔會長！」」」

一個黑影飛奔穿過發出哀號的女學生們縫隙間。是庫法。他毫不猶豫地一蹬游泳池邊，跳進水中，接著撥開狂暴的波浪，潛入水底。

被留下來的女學生們，只能穿著泳裝，不知所措地感到困惑。

「連庫法大人都！啊，怎麼辦！該怎麼辦呢……！」

「現在只剩梅莉達小姐還平安無事了！」

彷彿在求助般的視線從游泳池邊聚集到梅莉達身上，但梅莉達才是最束手無策，只感到困惑的人。在這種狂風駭浪中，貢多拉船仍沒有翻船一事，就像是奇蹟一般。梅莉達本身光是緊抓住船邊，就分身乏術了。

「怎……怎麼辦……我該怎麼做……！」

這時。突然從水面伸出來的手掌抓住了梅莉達的手。梅莉達還來不及發出「呀啊！」的哀號，便有個泳裝少女接著爬上了貢多拉船。

LESSON: IV ～美妙的歌聲與碎裂的器Ⅲ～

是德特立修的候補生之一，莎拉夏。她毅然抿緊的雙脣，跟她之前給人的印象大相逕庭。偏下垂的眼眸凜然地揚起，莎拉夏開口說道：

「請妳……協助我！」

「咦？」

「一個一個上是贏不了的！必須靠我們同心協力才行！」

「我……我知道了！可是要怎麼做呢？」

在劇烈搖晃的貢多拉船上，莎拉夏拚命地伸手指向賽蓮，配上肢體動作向梅莉達訴說著。

「我從正面吸引她的注意，妳趁機從背後偷襲！如果學院長說得沒錯，只要設法搞定羽翼，應該就會停下來才對！」

「我知道了！交給妳嘍！」

梅莉達點頭回應，接著立刻拿起兩支槳中的一支，跳進水裡。

莎拉夏像是與梅莉達交換一般在貢多拉船上站起，深深吸了口氣，調整呼吸。

——然後歌唱。

莎拉夏一臉慈愛地張開雙手，讓清澈無比的歌聲迴盪在周圍。在轟隆作響的水流中，她的歌聲鮮明到不可思議的地步，而且無比高貴地渲染世界。

賽蓮的競爭心瞬間膨脹起來。她重新面向貢多拉船，也擺出歌唱姿勢。那彷彿會削弱聽眾精神的非人歌聲，宛如超音波一般擴散開來。

狂風以莎拉夏和賽蓮為中心肆虐著。那就有如歌聲與歌聲的刀劍交鋒。聽起來完全不同的旋律從正面互相衝突，彷彿要蓋過對方的感情一般提高音量，音波昇華至並非這世間的領域，在游泳池喚起前所未有的狂風巨浪。

從水面跳起的水流，宛如矛一般奔騰洶湧，瞄準了貢多拉船。就在游泳池邊的女學生們「啊！」的倒抽了一口氣後，水流的前端已經衝到貢多拉船前，嘩啦！地劇烈四濺。

在水花四濺中跳到貢多拉船上的，是銀髮隨風搖曳的愛麗絲‧安傑爾。她將手裡拿的槳在頭上揮舞，朝賽蓮刺了過去。純粹火焰同時從她全身噴射出來，讓槳輝煌地閃耀著光芒。

「愛麗絲小姐！」

愛麗絲巧妙地揮動槳，敲落從左右兩邊無止盡襲來的水流。莎拉夏仍然閉著雙眼，沒有停止唱歌。賽蓮更激動地讓游泳池掀起波浪。水、歌聲與火焰的你來我往，在水上閃耀著七彩亮光。

游泳池邊的女學生們，眼神閃閃發亮地聲援愛麗絲。

「愛麗絲小姐──！請加油──！」

LESSON: IV
～美妙的歌聲與碎裂的器皿～

「實在太棒了！真不愧是愛麗絲小姐呀～～！」

「我決定了！剩下的玻璃石要全部投票給愛麗絲小姐！」

「——唔！」

就在這瞬間。

彷彿齒輪對不上一樣，不知為何，愛麗絲的身體有一瞬間僵硬住了。像是針對那空隙一般突擊過來的水流之鞭，將她從貢多拉船上彈飛出去。

「啊！」

女學生們的哀號重疊起來，從反方向又冒出一條水流。像是要潛入貢多拉船底部而衝過去的水流，掀起水面讓船跳起。莎拉夏的歌聲中斷，她束手無策地被拋向游泳池。

水柱竄升，最後一艘貢多拉船逐漸被拖入水中。

把所有美少女從自己的聖域排除後，賽蓮浮現滿面的笑容。原本沸騰的紅色慢慢地朝胸口內部平息下來，與此同時，原本波濤洶湧的水面也逐漸恢復秩序。

游泳池邊的所有人都因為緊張而吞了吞口水，隨後——

水面在賽蓮的背後爆開，跳向上空的黃金人影，從全身噴發出火焰，同時拉緊了槳。

「——啊！」

賽蓮瞬間轉頭看向伴隨氣勢飛來的那身影——

剎那間。穿過背後的流星在賽蓮的背後拉出一條軌跡。使勁揮槳的梅莉達因氣勢過猛而煞不住車，她伴隨著「啊哇……啊哇……呀啊！」的悲慘哀號掉入游泳池裡。

然後，從賽蓮背後發出「嘩啦……！」的聲響。

一雙羽翼響起讓人汗毛直豎的清澈音色，碎裂散落。游泳池的守護女神變得像是個斷線的人偶，癱軟無力地倒落在底座上。

在每個人都忘了呼吸，注視著這一幕光景時，布拉曼傑學院長的聲音高聲響起。

「第一場考驗，結束！很精彩！實在太精彩了！」

這成了開端，驚人的歡呼聲籠罩屋頂。超過三百人的弗立戴斯威德學生與德特立修學生，異口同聲地讚賞候補生們。

「把所有人從游泳池裡拉起來！動作快！」

學院長俐落地發出指示，原本在待命的講師群跳入游泳池中。莎拉夏與愛麗絲，加上靠自己回來的梅莉達，眾人在游泳池邊以熱烈的掌聲迎接這些一年級生。

有人拿了條毛巾披在梅莉達肩上，這時她猛然抬起頭來。

「對了，克莉絲塔會長呢……！」

像是在回應她的聲音一般，水面嘩啦一聲掀起波浪。庫法抱著泳裝打扮的三年級生探出頭來，使勁地爬上游泳池邊。

LESSON: IV

～美妙的歌聲與碎裂的器 III～

「她沒事。」

就如同庫法所說，克莉絲塔會長儘管激烈地咳嗽著，但看來並沒有生命危險。似乎是她很快就昏了過去，幸運地沒喝到水。三年級的同學一起飛奔到她身邊，爭先恐後地替她披上毛巾。

「咳咳……咳咳！到……到底是怎麼一回事……？」

「梅莉達學妹她們阻止了賽蓮喔。妳好像被她們拯救了呢。」

這麼勸誡她的是神華。克莉絲塔會長瞬間滿臉通紅起來。

她忽然環顧周圍，發現梅莉達等人從稍微有點距離的地方觀望情況的身影。克莉絲塔會長的臉更是連耳尖都跟著泛紅，她連忙把毛巾拉向自己，然後「哼！」了一聲，離開了現場。

梅莉達目瞪口呆地目送她離開，與身旁的愛麗絲互相對望，彼此呵呵微笑。「幸好沒事呢。」梅莉達這麼說道，愛麗絲點頭同意她的話。

「請等一下！這太不講理了！」

這時，一個中性聲音撕裂了興奮雀躍的氣氛。

是粗魯地掛著毛巾的德特立修的「王子」，琪拉・艾斯帕達。她撥開女學生們的人潮，也拉高音量逼近學院長。

「剛才的考驗是怎麼一回事啊！明明應該是『支配賽蓮者』為勝者，但不跟其他候補生合作的話，居然連靠近賽蓮都成問題！這種情況不可能用正當方式解開！不，應該說根本不算是課題！」

「妳這麼說就不對嘍，琪拉。請仔細回想選拔戰的意義。」

學院長依然以冷靜沉著的聲音，像是在勸告似的重新面向她。

「這場戰鬥並非『比賽』，而是『選舉』。考驗確實有設定勝利條件，但並非只是在競爭勝負而已。縱然打贏了對手，倘若在旁觀看的學生們判斷『那樣不夠格當月光女神』的話，就表示那個人果然還是不具備身為『模範淑女』的資格吧——我希望妳們這些候補生，能在第一場考驗中明白這一點。」

「……唔！」

琪拉咬緊嘴脣，陷入沉默。

學院長轉頭看向三名一年級生，浮現出打從心底感到高興的笑容。

「梅莉達同學、莎拉夏同學，還有愛麗絲同學。妳們在那樣的極限狀態中，並非踢掉別人，而能夠選擇『互相攜手合作』這種可能性。女性的美麗並不僅止於外在，而是打從內心洋溢而出的氣質。可以說妳們無庸置疑地展現了夠格當月光女神候補生的「美麗與氣度』吧——表現得非常精彩！」

LESSON: IV

～美妙的歌聲與碎裂的器皿～

布拉曼傑學院長這麼喝采，弗立戴斯威德和德特立修雙方的學生再次熱烈鼓掌。位於圈子中心的梅莉達等人看似害羞地笑了，琪拉看來更加不服氣地扭曲嘴唇，悄悄轉身離開。

「我們成功了呢，莎拉夏同學！」

感動不已的梅莉達與身旁的德特立修學生雙手十指交扣。她像是在回應似的緊握住梅莉達的手指，宛如花之王國的公主一般笑了。

「我們成功了！梅莉達同學！」

少女們互相分享喜悅，「欸嘿嘿」地綻放如出一轍的笑容。

不過，是怎麼回事呢？莎拉夏忽然像是回過神一般，表情僵硬起來，一臉過意不去地鬆開手心，轉身背向梅莉達。

「我……我真是的……對不起！」

這麼說完後，她也飛奔到人潮對面。雙手迷失去處的梅莉達，不曉得她是為了什麼道歉，又為什麼逃走，歪頭感到疑惑。

學院長對依然興奮不已的女學生們大聲說道：

「第一考驗就此結束！好了，大家回到校舍吧。要好好擦乾身體，別感冒了——還是說，有人覺得跟賽蓮還沒玩夠呢？」

「那個，學院長。對不起，我弄壞了賽蓮的羽翼……」

梅莉達像是想起來似的這麼說道，一臉過意不去地垂下肩膀。只見學院長以看來完全不在意的模樣，若無其事地回答：

「用不著擔心，安傑爾小姐。玻璃寵物們有自我修復功能，因此就算全身碎裂，只要過一陣子——換句話說，只要放著不管就會修好的。」

梅莉達懷疑起自己的耳朵，忍不住看向游泳池中央的賽蓮。

只見理應失去了羽翼的人魚，正躺在底座上，悠哉地呼呼大睡。

† † †

「實在很厲害呢！」

臉頰泛紅的梅莉達這麼說道。她漫無目的地環顧周圍，再一次點了點頭。

「怎麼說呢，實在太厲害了！」

地點是校舍塔的更衣室。這地方被包下來當作候補生的休息室，換上制服的梅莉達正在這裡不斷述說著考驗中的興奮。

坐在椅子上，負責當個安靜聽眾的，是同樣制服打扮的愛麗絲。

「嗯，實在很厲害。」

「真要說的話，我對表演比較沒自信，所以最後演變成那種硬拚的發展，可能算幸運吧……但是，德特立修的琪拉學姊！妳看到她的舞蹈了嗎？我忍不住覺得『勝負已定』了呢！」

「我也是。」

「但是……但是──我們也活躍了呢！因為學院長稱讚了我們嘛！大家都替我們熱烈鼓掌──啊，感覺真舒服呢！」

「莉塔，妳好像很高興。」

「當然高興啦！因為從選拔戰開始後，我們就一直被冷眼相看對吧。我從來沒想過會得到那麼熱烈的支持。等到了明天，說不定……得票數會咻～地飆高喔！」

「…………」

這時愛麗絲忽然噤口了。她的視線飄移到其他方向。

感到不對勁的梅莉達，彎下膝蓋與她對上視線。

「愛麗，妳在接受考驗的時候，樣子好像有點奇怪？」

「……奇怪是指？」

「比方說，那個，保護莎拉夏同學的時候！如果是平常的愛麗，應該能更高明地應

付過去吧。倒不如說，我明明都能撐下來，愛麗卻一下子就沉下去這點，我一直覺得有點奇怪呢。」

「………」

愛麗絲再次吞下話語的時候，有人叩叩地敲了門。

梅莉達開口回應「請進～」，於是門慢慢打開，兩名女學生從門後現身。梅莉達不禁匆忙地整理好原本沒穿整齊的制服。

「神華學姊，還有……克莉絲塔學生會長！」

是浮現出有些尷尬表情的克莉絲塔會長，還有推著她的背的神華。愛麗絲從椅子上站起身時，三年級的前任月光女神，有些惡作劇似的笑了。

「克莉絲說她有話要跟妳們兩個講。」

梅莉達與愛麗絲的視線自然地集中到學生會長身上。被年紀比自己小的少女們同時抬頭仰望，克莉絲塔會長「嗚」了一聲，說不出話來。

她輕咳兩聲，將臉撇向一旁，滿臉通紅地快速說道：

「我……我打從一開始就很清楚，妳們並非掉包彩繪玻璃的犯人。」

「咦……？」

「就……就只是這樣而已！」

LESSON: IV

～美妙的歌聲與碎裂的器皿～

克莉絲塔會長像是在摔東西似的大叫後，彷彿再也受不了一般，轉過身去。她只說了想說的話，眨眼間便離開了更衣室。

神華呵呵笑著，她本身也將手放到敞開的門上。

「她的意思是『對不起』。真是個笨拙的孩子呢。」

「呃，那個，這表示……」

「梅莉達學妹，妳——比我想像中更努力呢。」

神華也以隨興的態度說完這句話後，留下淺淺的微笑，乾脆地消失在門後。

簡直就像龍捲風過境後的寂靜。梅莉達與愛麗絲一臉茫然地坐到椅子上，面面相覷。梅莉達「噗嗤」一聲地噴笑出來後，愛麗絲也面無表情地點頭。

梅莉達以爽朗的表情笑了。

「欸，愛麗，雖然我不曉得自己為什麼會變成要出場選拔戰……但我會竭盡全力戰鬥，以免愧對弗立戴斯威德代表的身分。」

愛麗絲沒有回應。梅莉達繼續表述她的幹勁。

「的確，在候補生當中，我可能是能力值最低的一個。但是，一旦上了戰場，那種事情就毫無關係了！就算要與愛麗戰鬥，我也不會手下留情。我會盡全力取勝喔！」

「…………」

愛麗絲一直沉默不語。無法觀察的感情在蒼藍眼眸中搖晃著。

最後她悄聲說道：

「……我會放水。」

「咦？」

「欸，莉塔。我會故意輸掉，妳可以獲勝嗎？」

梅莉達有瞬間無法理解自己聽見了什麼。

愛麗絲的態度實在過於平淡，梅莉達無法立刻明白話語的本質。

——無法理解自己遭到嚴重侮辱這件事。

「如果莉塔獲勝，我們就能組成小組了，對吧。我想要跟莉塔一組。所以請妳獲勝。我會故意輸掉的。」

「等……等一下，愛麗，這話是什麼……」

「莉塔不想跟我一組嗎？」

「我……我怎麼可能不想呢！雖然不是不想……但那樣就沒有意義啦！」

愛麗絲歪了歪頭，露出疑惑的表情，像是無法理解梅莉達的吶喊。

梅莉達無意識地站起身來。她震驚地往後退了幾步。

「換句話說，愛麗妳……想說憑我是絕對贏不了的嗎？」

LESSON IV

～美妙的歌聲與碎裂的器皿～

愛麗絲以沒有絲毫惡意的純粹表情，微微歪了歪頭。

「妳贏不了，對吧？」

「……嗚！」

梅莉達的臉瞬間沸騰成紅通通的。她全身氣憤得不停顫抖著。

「我……我的能力值確實是比愛麗低，而且是被稱為『無能才女』的廢物……但我一直認為我們是對等的！愛麗不是這麼想的嗎？」

愛麗絲忽然移開視線，看向地板。

在簡短的話語中，蘊含著她的真心。

「我不想和莉塔處於「對等」的立場。」

「──唔！」

有什麼東西沙沙地在梅莉達的耳畔逆流。她粗暴地抓起行李，轉過身去。

「我再也不跟妳說話了！」

她氣勢猛烈地打開更衣室的門，就這樣飛奔而出。她看也不看旁邊，一邊盡全力奔跑，同時用愛麗絲肯定能聽見的音量大喊：

「我絕對會打敗妳！」

梅莉達甚至沒有注意到，在她宛如風一般穿過的路旁，有家庭教師的身影。看到主人非比尋常的模樣，還有確實在她臉頰發亮的淚水，來迎接主人的庫法不禁停下腳步。

「小姐？」

嬌小的背影眨眼間便彎過盡頭的轉角，消失無蹤。

庫法轉頭看往反方向，在仍然敞開的門的另一端，可以看見愛麗絲・安傑爾一個人孤伶伶地被留在椅子上的身影。

門自然地緩緩關上。在少女的身影即將隱於門後時——

「能辦到的話就那麼做吧，莉塔。」

庫法感覺聽見了彷彿想抓住薄弱希望的聲音。

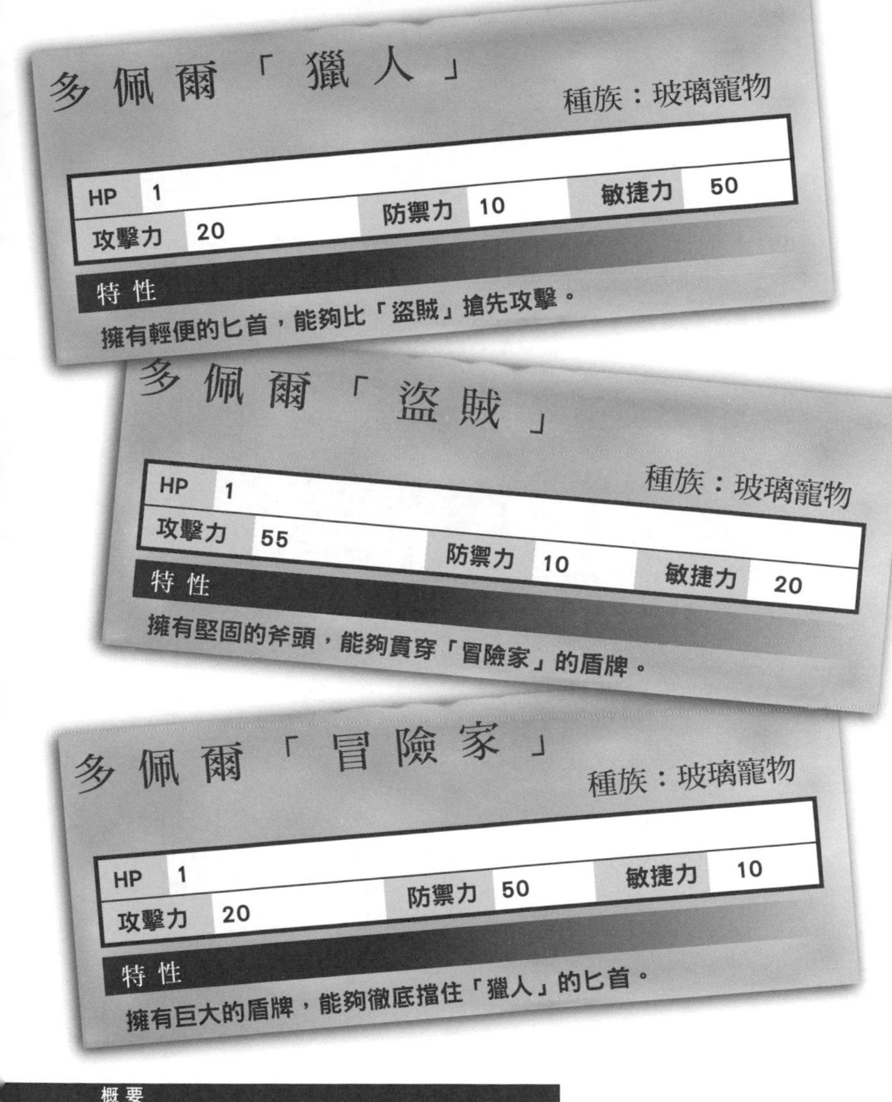

概要

不具備任何自律功能，以能力者的瑪那為原動力啟動，較為獨特的玻璃寵物，就是多佩爾。他們分成三種「型」，並設定有行動單純的攻擊、防禦模式，讓他們彼此競爭的話，會形成三者互相牽制的關係。
那簡直就像是為了競技而創造出來的性質，一般認為暗示著古代存在創造出他們的「某人」，被當成令人深感興趣的研究對象。

LESSON：V ～是毒，是藥，抑或她的陷阱？～

「啊，哎呀，真巧呢～！兩位早安～！」

原本與主人面對面，正在用早餐的庫法，裝作完全沒有預料到的模樣，面向以差勁的演技這麼搭話的紅髮少女。

「喔，這不是蘿賽蒂小姐嗎！愛麗絲小姐也在！妳們正要用早餐嗎？」

「對呀！哇啊，隔壁正好空著兩張椅子呢！」

「簡直就像命中注定呢！我幫妳們拉椅子吧。兩位請到這邊坐！」

「哎呀，真是紳士！機會難得，就在這張餐桌一起用餐吧，愛麗絲小姐！」

「大家一起用餐，料理也會變得更美味呢，梅莉達小姐！」

「老師。」

梅莉達板著一張臉這麼回答，她拿起自己的托盤，從椅子上站起身。

「我到那張餐桌吃飯。」

「……我也到對面去吃。」

LESSON: V

～是毒，是藥，抑或她的陷阱？～

愛麗絲也從蘿賽蒂身旁掉頭就走。感覺有些相似，又位於兩個相反極端的這對堂姊妹，簡直就像對照鏡一樣背向對方，漸行漸遠。在擁擠的早晨餐廳中，兩人各自在沒有距離太遠，但絕不算近的椅子上坐了下來。

在周遭女學生們的喧鬧聲包圍中，庫法與蘿賽蒂用難以言喻的表情互相對望。兩人一起沮喪地垂下肩，面對面坐在同一張餐桌前。

蘿賽蒂像是忍受不了似的挺身探向庫法。

「你想個辦法改善這種氣氛吧！」

「我才想拜託人幫忙呢。」

兩人同時發出的嘆息，「「唉」」一聲地在餐桌上混在一起。

簡單來說，這一週以來，梅莉達與愛麗絲一直是這樣子。之前感情明明好到彷彿在說彼此是互補的碎片，不知怎麼會變成這樣子。最近就算庫法與蘿賽蒂拚命想讓兩人和好，她們卻連視線都不肯對上。

契機不用說，就是選拔戰的第一場考驗後，在休息室爆發的爭執吧。雖然庫法從主人口中聽說了大致的經過，儘管如此，仍不得不開口向對面的勁敵家庭教師這麼詢問：

「蘿賽蒂小姐，有件事我實在搞不懂。我可以理解梅莉達小姐感到火大的理由，但愛麗絲小姐究竟在氣什麼呢？」

於是蘿賽蒂像是「投降」似的搖了搖頭。

「關於這點，她也沒告訴我明確的理由呢。感覺她不太想被人過問——好像是很敏感的事情。」

「真傷腦筋呢……」

不曉得原因的話，根本無從改善起。這一瞬間突顯出與愛麗絲缺乏溝通的問題。

這時，有二年級生的兩人組來到一個人默默吃著早餐的愛麗絲身邊找她搭話。是因為奧賽蘿女士的安排，在選拔戰中成了愛麗絲小組成員的黛西・朱恩與普莉絲・奧古斯特。

「妳怎麼了呢，愛麗絲小姐，怎麼一個人露出那種無聊的表情呢？」

她們說好聽點是親暱，說難聽點是不客氣地碰觸愛麗絲的肩膀。對方明明無論怎麼看都散發出「拜託別跟我搭話」的氣場，她們卻毫不在乎。

從她們別有含意的笑容中，無法分辨她們是真的在擔心愛麗絲，還是只是覺得有趣而已。

「我覺得呀，妳像這樣總是悶不吭聲的話，就糟蹋了那難得的美貌呢。來，再多笑點嘛！用丹田發出聲音，打起精神來！」

「普莉絲說得沒錯。總是保持超然的態度，才是愛麗絲小姐吧。如果有什麼想說的話，請儘管告訴我們。」

「別說那種不負責任的話。」

愛麗絲用宛如冰一般硬邦邦，拒人於千里之外的聲音說道。

庫法感覺到在她冰冷凍結起來的話語深處，蘊含著確實的熱度。那樣很不妙，愛麗絲完全忘記對方是學姊了。照實說的話，就是她發飆了。

「明明沒什麼好笑的，我笑不出來；而且明明正覺得沮喪，我沒辦法打起精神。別把妳們的印象擅自加諸於我。我不是人偶，是活生生的人。」

「這……這種程度的事，我們很清楚！」

「什麼嘛，講得我們好像是壞人一樣！」

看到氣氛一口氣變得險惡起來，蘿賽蒂說了聲「啊，真是的！」並起身離席。

她正打算拿著托盤移動座位時，像是為了粉飾，轉頭看向庫法。

「我最近發現那孩子似乎需要口譯呢。我要先走嘍。」

「嗯，晚點再見。」

急忙地打完招呼後，蘿賽蒂快步離開。

庫法目送著她的背影，無奈地嘆了口氣後，自己也起身離席。

他是要與梅莉達併桌。他移動餐桌，再次坐到正面後，努力不看向自己這邊的金髮主人低聲詢問道：

「……愛麗她不要緊嗎？」

「咦？」

「沒……沒什麼。」

梅莉達看似慌忙地搖了搖頭，用湯匙堵住了嘴。

分開會感到不安的話，別吵架就好了——庫法很難把這句話說出口。總之，正因為彼此深深為對方著想，這次的爭執看來沒那麼輕易平息啊——庫法這麼心想，悄悄嘆了口氣。

「梅莉達小姐、庫法大人，可以與兩位同桌嗎？」

就在這時，幾名同班同學前來要求併桌。庫法立刻起身幫忙拉椅子，這樣的公主待遇讓少女們「呀啊」了一聲，臉頰泛紅。

「各位小姐，妳們已經玩膩排擠梅莉達小姐的遊戲了嗎？」

「討厭，庫法大人真是的，請別說這麼壞心眼的話。」

坐在梅莉達旁邊的一個人不滿地鼓起臉頰。其他少女們也附和著說「對呀對呀」。

「畢竟我們沒有人認為梅莉達小姐她們是『犯人』嘛。」

「因為，她們兩人是感到最困惑的呢。」

LESSON: V

～是毒，是藥，抑或她的陷阱？～

「明眼人都能立刻看出來。」

「而且……克莉絲塔會長都那麼說了。」

庫法面向這麼說道的一個人。

「克莉絲塔會長說了什麼？」

「『學生會正在調查彩繪玻璃事件的真相，不要引起無謂的騷動。切記我們目前正與聖德特立修在進行交流會』——她這麼說。會長說得沒錯呢。畢竟選拔戰也是為了與德特立修學生增進友誼的一環呢。我們差點迷失了目的。」

「真不愧是會長！」

看到少女們明朗起來的表情，庫法也自然地揚起嘴角。

「克莉絲塔會長說了那樣的話……」

「不過，還是有讓人在意的地方。」

一個人這麼說道，其他人都挺身探向餐桌。少女們一邊偷看聚集在餐廳裡的幾百名女學生們，一邊壓低聲音，像是在講悄悄話。

「究竟是誰做的，是為了什麼目的掉包彩繪玻璃呢？」

「那個『犯人』把梅莉達小姐她們拱成候補生，究竟想做什麼呢？」

「無論怎麼想，都想不到答案呢～」

「真是個謎呢～」

在看起來還挺和平的氣氛中，少女們絞盡腦汁思考著。

「是誰做的……嗎？」

庫法不為人知地反覆思索，他也不經意地環顧餐廳內。當然，他不可能在這當中發現那個全身黑衣的纖細身影。

相對的，他看見了快步離開餐廳的二年級生兩人組。是蘿賽蒂成功調停了，還是無法挽留她們的離別呢？從這個距離無法得知答案。

† † †

「『蓋力克鐵鎚』！」

涅爾娃高聲喊道，將鎚矛高舉至頭上，瑪那火焰集中在鎚矛前端。荊棘像要纏繞住武器似的打轉，飛躍性地提昇武器的攻擊力。

等候著這一刻的梅莉達，用力握緊收納在腰部刀鞘裡的刀。

「『始傳拔刀』！」

與此同時，刀鞘本身散發激烈的光芒。彷彿在表達驚人的抵抗一般，刀身只有一小部分被拔出鞘。顯露出來的刀身迸發強烈到會灼傷眼睛的火焰。

這是庫法直傳的我流攻擊技能「拔刀術」的預備動作。從納刀狀態的刀使出無法預測，變換自如的高超速連續斬，是他的拿手招式。

這是那招式基礎中的基礎。綜合性攻擊力與涅爾娃具備的重量打擊系技能「蓋力克鐵鎚」相差不大吧。兩人試圖從極近距離正面讓這兩招互相衝撞。

涅爾娃的鎚矛首先動了起來。高舉到頂點的鎚矛前端，讓空氣爆發的同時發動了攻擊。驚人的壓力幾乎是垂直敲落下來。

「——唔！」

梅莉達拚命瞠大了眼，要自己不能逃避。以時間差發動的技能，在慢了瞬間後發出咆哮。

「——『羽斬』！」

梅莉達的刀激烈地發出亮光。從現在起已經是零點幾秒的世界。噴灑火焰的鐵塊與劈開空間的光芒飛奔過極近距離，在極限的一瞬間交錯——

啪鏘————！迸出震耳欲聾般的衝擊。

「呀嗚！」

被撞飛到後方的梅莉達弄掉了武器，一屁股跌坐在地上。

梅莉達的刀滾落在地面上，衝撞的影響讓刀身叮……地顫抖著。梅莉達按住右手，彷彿在忍耐透骨的疼痛一般，蹙起了眉頭。

「時機還沒有配合好呢。」

負責指導的庫法，在兩人旁邊以苦惱的表情低喃著。

地點是城牆與校舍塔中間茂密的樹林裡。為了贏得月光女神選拔戰第三考驗的小組對決，梅莉達等人正在進行祕密特訓，這已經成了放學後的慣例。

這場零距離的技能對戰，也是庫法的指示。話雖如此，但從站立位置與技能性質來說，讓兩人正面衝突的話，涅爾娃壓倒性地有利。

這是假設會對上愛麗絲而設定出來的訓練。

「好痛……！」

一直按住慣用手的梅莉達，忽然發出痛苦的聲音。

這也難怪。發動攻擊技能的瞬間，大部分瑪那都集中到武器上，相對的全身能力值會大幅衰減。如果在這種狀態下承受競爭對手的攻擊技能，縱然有養成學校一年培育出來的能力，甚至也有可能會骨折。

已經反覆了好幾次這光景的涅爾娃，像是再也受不了一般，轉頭看向庫法。

「老師，能不能至少把我這邊的武器換得更輕一點呢？再這樣下去，梅莉達遲早會

LESSON V

~是毒，是藥，抑或她的陷阱？~

受傷的。」

「不行，那樣會削弱緊張感。正式上場時，只有一次機會能使用這作戰。正因如此，必須在極為接近實戰的狀況下，將成功率提昇到百分之百才行，否則就沒有意義了。」

「那麼，由老師直接與她對戰呢？」

「如果是我來打，無論怎麼手下留情，一旦發動攻擊技能，能力值就會高過頭。這件事只能拜託跟梅莉達小姐具備同等程度的能力值，而且已經習得攻擊技能的涅爾娃小姐而已。」

「不過……」

「沒……沒事的。這種程度根本不算什麼！」

梅莉達這麼說並撿起刀，拍了拍屁股站起身。她用力握緊刀柄，掩飾手心的顫抖，再次彎下了腰，擺出拔刀的架勢。

「麻煩再來一次，涅爾娃。直到我成功為止。」

「……真的是有什麼老師，就有什麼學生呢。」

涅爾娃一邊嘆氣，同時也擺出架勢，緩緩舉起鎚矛。即將使出攻擊技能前的緊張感，讓兩人之間的空間摩擦出火花。

這時，最後一名成員從庫法的後方造訪了樹林裡。

「……那究竟在進行什麼訓練呢，老師？」

是總算上完課的神華・茲維托克。看到梅莉達她們那邊的狀況，神華蹙起眉頭，庫法悄悄鬆了口氣，轉頭看向她。

「我一直在等妳到來，神華小姐。有件事想請教妳的意見。」

「是關於那個奇怪的特訓？」

「不，是其他事情——請到那邊的桌子。」

庫法讓梅莉達她們繼續自主訓練，同時帶領神華到事先設置在位置稍遠的桌子邊。

桌上放著宛如庭園式盆景一般的遊戲盤，和手掌大小的迷你玻璃寵物，約有三十個。

「這是針對第二場考驗『被操控的舞蹈會』的對策。妳已經聽說考驗的詳細內容了嗎？」

「梅莉達學妹很細心地給了我一份羊皮紙的複本——是這個呢。」

神華從口袋裡拿出折疊的羊皮紙，在桌上攤開。庫法也重新確認內容。

＝＝＝＝＝＝＝＝＝＝＝＝＝＝＝＝＝＝＝＝＝＝＝＝＝＝＝＝＝＝＝＝＝＝

【第二場考驗「被操控的舞蹈會」概略】

＊在這場考驗中，候補生們將使用名為「多佩爾」的玻璃寵物，進行戰略遊戲（所謂的

LESSON V

~是毒，是藥，抑或她的陷阱？~

戰略遊戲，請解釋為由玩家擔任指揮官的模擬戰爭）。

*單獨的多佩爾不具備任何功能，但可以透過能力者點燃瑪那，成為隨心所欲操控的傀儡。

*多佩爾有三種類型，各自具備三種攻擊模式（各類型的能力值請參考附件）。

*這三種類各自相剋，形成三者互相牽制的關係。

*候補生可以自由地組合這三種多佩爾，最多選擇十五隻構成己方軍隊。

*在己方軍隊中負責「國王」一職的，是候補生的搭檔。當然國王也會成為攻擊對象，因此請事先再次確認是否參加考驗。

*戰場上配置了能讓戰局變有利的道具，請有效活用。

*勝利條件是讓對戰對手的候補生主動「投降（Resign）」。

*另外，在考驗開始時，遊戲會追加幾個條件。

以上。

＝＝＝＝＝＝＝＝＝＝＝＝＝＝＝＝＝＝＝＝＝＝

「我沒什麼指揮部隊的經驗，因此缺乏戰略知識。梅莉達小姐和涅爾娃小姐也一樣。神華小姐，能借用妳的智慧嗎？」

庫法一邊將視線移到她身上，同時很自然地說了謊。

並列在桌上的遊戲盤與迷你模型，是從學院借來，當作「被操控的舞蹈會」的參考資料。光是眺望這些玩具，庫法的戰術頭腦就遭受莫大的刺激，輕鬆洋溢出幾十種以上的小組構成與進軍計畫。

但是，這場選拔戰終究是學生們的活動。現任騎士插太多嘴，會違反意義。庫法始終只是給予材料，能用材料達到什麼成果，就要看學生本身了。

神華似乎隱約察覺到庫法這樣的內心，她以彷彿看透真相的視線看向庫法，淺淺微笑，挺身探向桌子。

「交給我吧。從軍隊構成到各種細節，我都可以提出意見對吧？」

「我也會盡棉薄之力協助。之後就是看梅莉達小姐能否付諸實行了……」

「先想好幾個方案，再找梅莉達學妹一起討論吧。」

神華這麼說後，稍微抬頭看向學妹們那邊。

「等她們那邊的訓練休息時。」

† † †

LESSON V

～是毒，是藥，抑或她的陷阱？～

不曉得是第幾次的衝擊聲響起，梅莉達被撞向後方。

「呀嗚！」

木刀按照慣例飛了出去，梅莉達則倒落在地面上。

她毫不氣餒，手撐著地面試圖爬起來……但在抬起上半身的階段，手臂便猛然彎下。她就那樣面向地面好一陣子，氣喘吁吁。

「呼……呼……」

涅爾娃注視著梅莉達那樣的身影，她也是一邊大口喘氣，一邊爬起身來。她解除攻擊姿勢，放下鎚矛，忽然背向梅莉達。

「……稍微休息一下吧。妳技能的精密度愈來愈低嘍。」

「咦，等……等一下！我還能繼續！」

「我累了！瑪那已經都耗光啦。」

涅爾娃像是在斥責小孩一般，平息瑪那。

這話一半是真的。涅爾娃已經連續使出幾十次攻擊技能，她的消耗更加劇烈。老實說，應該是防禦方的梅莉達的體力甚至讓涅爾娃感到驚嘆。

連拎著武器都覺得累的涅爾娃，將鎚矛靠在附近的樹蔭處。她叮嚀梅莉達也要好好休息，走向庫法他們所在的桌子。

沒了訓練對象，梅莉達大大嘆了口氣，同時坐到樹蔭底下。梅莉達當然也覺得疲勞，但特訓不如想像中順利這件事，更讓她感到著急。

庫法傳授的必勝法不可能有誤。話雖如此，感覺也不是涅爾娃或梅莉達本身有什麼嚴重的問題。

硬要說的話，原因大概是實際的對戰對手愛麗絲與訓練對象涅爾娃，在梅莉達內心的印象實在無法重疊起來吧。話雖如此，但這又是個人感覺，並不是告訴涅爾娃就能改善的問題。

還是說，是因為武器不同呢，應該乾脆請涅爾娃拿聖騎士用的長劍嗎？

就在梅莉達一邊思考這些事，一邊眺望著涅爾娃留在這裡的鎚矛時。

「妳好，梅莉達。」

伴隨著透明的聲音，鎚矛被輕飄飄地舉起。

以讓人完全感覺不到重量的動作，讓鎚矛在掌心打轉給梅莉達看的，是有著黑水晶秀髮的女孩。她究竟是何時前來的呢？簡直就像是從影子裡露面的一樣，她的舉止彷彿任性的妖精。

梅莉達甚至忘了放下刀，無意識地站了起來。

「啊……！好……好久不見。」

LESSON: V

～是毒，是藥，抑或她的陷阱？～

「對呀。上次見面是在半夜的談話室裡聊天呢。」

那之後明明經過了幾星期，她卻浮現出自然的笑容，彷彿當時中斷的時間接著下去一樣。一種難以言喻的感慨綁住了梅莉達。

黑髮少女在眼前立起鎚矛，彷彿感到有趣一般，用左手手指撫摸鎚矛。

「妳在進行很獨特的訓練呢。是那位優秀老師的指示嗎？」

「唔……嗯，是啊。」

「我來助妳一臂之力吧。」

就在梅莉達開口說了聲「咦」的時候。黑髮少女毫無徵兆，犀利地一蹬地面。彷彿在滑行的人影眨眼間便逼近懷裡。

「哇哇！」

梅莉達幾乎是反射性地舉起了刀。收納在刀鞘裡的刀身與橫掃過來的鎚矛前端衝撞，發出劇烈的金屬聲響。

黑髮少女反覆著宛如跳舞般的步伐，優雅地笑了。

「喂喂，怎麼可以發呆呢。我要出下一招嘍！」

少女往前踏步，同時宛如閃電一般發動攻擊。梅莉達瞬間拔刀迎戰。儘管遭到兩三次激烈的進攻而後退，她仍以巧妙的步法重整姿勢。

梅莉達右手拿刀，左邊反手拿著刀鞘擺出架勢，同時浮現出困惑的表情。

「慢……慢點，妳怎麼突然……」

「現在可不是思考的時候喔。看，敵人會發動攻擊，才不管妳的情況！」

黑髮少女以演戲般的態度這麼大喊，滿面喜色地一蹬地面。

她翻動身體轉了好幾圈，一揮鎚矛。梅莉達勉強擋住，但充分附加上去的離心力把梅莉達連同刀撞飛出去。被擊退了一大段距離的梅莉達勉強著地，沒有跌倒。不過這時已經有個彷彿遍布地面的影子逼近眼前。

「——唔！」

梅莉達猛然睜開雙眼，甩開迷惘般使出連續技。她迅速地拋接右手的刀與左手的鞘，發出有節奏的劍擊聲。黑髮少女靠一支鎚矛屢次擋住梅莉達的攻擊，同時將最後一記攻擊反彈回來，進行藝術性的反擊。梅莉達將上半身往後仰，在千鈞一髮之際逃離逼近肩膀的攻擊線。

幾乎就在從背後倒落的同時，她全身像彈簧一樣彎曲，跳起來翻了個筋斗。

黑髮少女沒有勉強追擊，她連口氣也沒喘，浮現從容的笑容。

另一方面，在幾公尺距離外著地的梅莉達，則是氣喘吁吁。

——這女孩很強！

LESSON: V

～是毒，是藥，抑或她的陷阱？～

單純的技術不用說，瑪那壓力也相當驚人。莫非這就是聖德特立修女子學園一年級生的平均能力值嗎？梅莉達不禁感到焦躁與戰慄。

相對的黑髮少女則是看似愉快地揚起嘴脣的弧線。

「妳比我想像中還要優秀許多呢，梅莉達。我好高興喔。」

少女發出笑聲，沒有停歇地一蹬地面。梅莉達再次陷入單方面的防禦戰。黑髮少女盡情揮舞著鎚矛，同時臉頰泛紅，興奮地說道：

「來啊，來啊，來啊！妳這樣是無法打倒愛麗絲的喔！本家安傑爾居然輸給分家安傑爾，從旁人眼裡看來，是多麼滑稽的事情呀！」

「……嗚！」

儘管受到屈辱的挑釁，梅莉達也只能咬緊牙關，沒有反駁的餘力。只要有一瞬間鬆懈下來，感覺整個人會連同刀一起被對方的攻擊撞飛。雖然她一直拚命用二刀流擋住攻擊，但貫穿過來的每一記低沉衝擊，逐漸削弱梅莉達的意識。

倘若對方以這驚人的攻擊力，使出攻擊技能的話——

在梅莉達這麼心想時，對方彷彿共享了那思考一般……

「『惡魔之爪(Iblis Nail)』！」

黑髮少女這麼高聲宣言。在鎚矛被拉往後方的同時，驚人的瑪那壓力集中在鎚矛前端。彷彿要洋溢出來的火焰迸發，將空間灼燒成漆黑。

「——唔！」

那一瞬間，梅莉達的身體自動做出了反應。已經反覆了好幾百次的訓練記憶刺激了神經，以閃電般的速度收起刀的同時，重心壓低。

「『始傳拔刀』！」

激烈的輝煌火焰噴射出來，將漆黑的瑪那反推回去。那一瞬間，黑髮少女並沒有笑。流暢地被拉緊的鎚矛，宛如砲彈一般發射出來。

「——嗚！」

鏘————！發出彷彿要劃破天空的金屬聲響。

慢了零點幾秒後，梅莉達的刀伴隨著激烈光芒解放開來——

被撞飛的是黑髮少女。雖然只不過是被擊退僅僅兩三公尺，但她踉蹌倒退了幾步才煞住腳步。

另一方面，梅莉達儘管因為反作用力而稍微重心不穩，仍維持拔出刀的姿勢靜止下來。

「呼……呼……呼……！」

黑髮少女眺望著大口喘氣的梅莉達，看來有一點驚訝似的沉默下來。她俯視手中的

LESSON: V

～是毒，是藥，抑或她的陷阱？～

鎚矛，像是有些理解似的低喃：

「……原來如此，是那種作戰呀。」

「咦？」

「剛才那記攻擊，時機抓得挺不錯的喔。」

黑髮少女呵呵地恢復笑容，重新將鎚矛前端對準梅莉達。

「要再練習一次嗎？」

「很遺憾——」

鏘——鎚矛被爽快地打掉了。橫跨過眼前的黑色人影，像是要保護梅莉達一般站到她的前方。熟悉的可靠背影讓梅莉達驚訝地睜圓了眼。

「老……老師！」

「不能再繼續麻煩妳費心指導了。因為這是包括訓練在內的選拔戰，我們不能將自己的本領暴露給身為他校學生的妳知道。」

庫法的語調有些嚴苛，而且是梅莉達很少見過的嚴厲表情。當面被人拒於千里之外，黑髮少女像在開玩笑似的聳了聳肩後，將鎚矛扔到地面。

「哎呀，別擺出那麼可怕的表情。明明只是個小遊戲呀。」

她這麼說完，便轉過身去。梅莉達儘管發出「啊」的一聲，也只能目送宛如妖精一

般隨興離開的那個背影。

庫法動也不動地瞪著黑髮少女好一陣子，當她的身影消失到樹叢對面後，庫法很擔心似的窺探梅莉達的臉龐。

「小姐，妳沒事吧？」

「沒……沒事。突然遭到攻擊讓我嚇了一跳，但只有這樣而已。」

「那真是太好了。」

庫法感到安心似的點了點頭，在梅莉達面前一度跪下。

「小姐，請原諒我暫時的任性。接下來我會稍微離開小姐身邊一段時間。」

「咦？」

「我會立刻回來——但在這段期間，請小姐隨時待在神華小姐和涅爾娃小姐能看見的地方。絕對不可以離開她們身邊。沒問題吧？」

彷彿要貫穿人的強烈視線，讓梅莉達不禁點頭同意。

確認梅莉達點頭之後，庫法站了起來，一蹬地面。軍服裝扮彷彿被吸入一般地消失在上空的樹梢，有幾片樹葉取而代之地飛舞飄落。

得知心上人的氣息已經遠離，冰冷的不安感包圍住全身。梅莉達茫然地注視黑髮少女離去的方向，同時在內心低喃著。

LESSON: V

～是毒，是藥，抑或她的陷阱？～

——老師究竟是上哪兒去做什麼了呢？

庫法會銷聲匿跡，當然是為了探查那個黑髮少女的動向。

自從選拔戰開始後，那個少女神祕的態度一直讓人感到掛心。為何她會那麼關心梅莉達的情況？總是找沒有人煙的場所企圖與梅莉達接觸的真正用意是？庫法試著找機會探查少女的底細，但那個少女似乎會避免與德特立修的同學們團體行動。

如果對德特立修的女學生們而言，她就是那種處於孤高的立場，也不會有人覺得不自然的人物，簡直就是最適合的人才不是嗎？

適合毫無關係的第三者喬裝成她——

庫法充分發揮武士位階的技能，一邊削弱九成氣息，同時在樹上奔馳。他一聲不響地在樹枝間移動，很幸運地立刻追趕上他要找的少女背影。

黑水晶秀髮像在跳舞似的在背後搖晃著。

少女以跑跳步般的走路方式，朝校舍塔的方向前進。

她還是一樣絲毫沒有跟德特立修的同學親近的意思。豈止如此，她甚至直接通過校舍塔的前院，漸漸走進沒有人煙的場所。庫法非常小心慎重地追蹤黑水晶秀髮少女，避免被其他女學生發現，也避免被黑髮少女察覺到庫法在跟蹤她。

沒多久後，少女來到完全沒有其他人影，高大且堅固的牆壁前。

這是學院的女學生們稱為「廢校舍」的區域。

不用說，牆壁對面聳立著選拔戰的舉辦場所，也就是玻璃宮殿「葛拉斯蒙德宮」。話雖如此，但除了進行選拔戰考驗的時間以外，那裡沒有任何活動，十分安靜。聽說有不少女學生會為了欣賞輝煌的外觀，而在散步時造訪這裡，莫非黑髮少女也是那一類人嗎？

庫法躲在廢校舍的牆壁後方，只見黑髮少女不慌不忙地靠近葛拉斯蒙德宮的正門。因為周圍沒有遮蔽物，庫法無法更靠近她。庫法將神經集中在眼睛與耳朵上，正門的守衛發出了「叮」的清脆聲響。

是葛拉斯蒙德宮負責守門的兩隻玻璃寵物，「女武神」。她們交叉玻璃製的劍，封住去路，但黑髮少女一解放瑪那，女武神便迅速地解開封鎖，回到直立的姿勢。

倘若是一般學生，會在這邊稍微慰勞女武神兩句，然後通過門，就結束了。

不過黑髮少女接著卻做出奇妙的行動。她在維持直立，高達五公尺以上的玻璃人偶腳邊蹲下，從書包裡拿出好幾樣道具。一方面也是因為從遠處看，庫法無法分辨那些道具有什麼用途。

只是庫法覺得他在白夜騎兵團的總部曾看過類似形狀的東西。

LESSON V

～是毒，是藥，抑或她的陷阱？～

是學者或研究者會用的實驗器具。

黑髮少女從類似打字機的裝置拉出電線，看起來像是將電線前端連接到女武神的盔甲上。庫法認為情況愈來愈危險，他盡可能探出身體觀察。或者該趁黑髮少女專注於作業的現在，縮短兩人的距離呢？就在庫法這麼心想，從廢校舍牆壁往前踏出一步時。

他在最糟糕的時機，遭遇到從前方過來的其他人物。

這場突然的邂逅，讓把白髮束成髮髻的那名女性眨了好一陣子眼睛。不過她一認出在眼前的人是誰，立刻故意扭曲了嘴脣給庫法看。

「這不是庫法先生嗎！你像老鼠一樣偷偷摸摸地在做什麼呢！」

是尖銳到讓人厭惡的聲音。當然，黑髮少女也注意到這邊的存在，猛然轉過頭來。雙方的視線像是被吸引住一樣，少女與庫法四目交接。

「……唔！」

少女迅速地將攜帶的器材從女武神身上卸除，收到書包裡。她就那樣快步走進了宮殿裡。

無論怎麼樂觀看待，庫法跟蹤她的事情都已經穿幫了吧。庫法對自己糟透的運氣感到厭倦，同時重新面向白髮女性。

「奧賽蘿女士，看來我們似乎是致命性地合不來呢。我認為盡可能不要碰面，對我

們彼此都比較好，妳覺得如何呢？」

庫法還以為她會同意這番話，但奧賽蘿女士卻醜陋地扭曲那張滿是皺紋的臉，逼近庫法。

「……那可不成。我難以接受像你這種不知打哪兒來的無名貴族，從事公爵家的傭人這件事本身！」

「我的委託人並不是妳，也不是妳的主人。我認為沒道理要被妳干涉這邊的人事。」

奧賽蘿女士看似神經質地咬起指甲，宛如詛咒一般咒罵：

「真是夠了，無論是本家的菲爾古斯大人，或是你，還有梅莉達小姐！都只會做些貶低安傑爾家威信的愚昧行為！將來會背負安傑爾家之名的是愛麗絲小姐，你們這樣只會徒增愛麗絲小姐的負擔呀！」

「成為愛麗絲小姐重擔的東西是什麼，意見似乎會出現分歧。妳曾經試著傾聽她內心的聲音嗎。她之所以會像個人偶一樣，究竟是什麼原因──」

「你這毛頭小子居然對我說教！」

奧賽蘿女士以血管彷彿要破裂般的氣勢怒吼，轉過身去。庫法彷彿在說不會讓她逃跑一般，對試圖奔向校舍塔的背影說道：

「奧賽蘿女士，請妳別忘記約定。當梅莉達小姐在選拔戰中獲得比愛麗絲小姐更好

LESSON V

～是毒，是藥，抑或她的陷阱？～

的成績時，請妳認同兩人組成小組這件事。」

年邁的烏鴉以銳利的眼神轉過頭來，浮現黏稠的笑容。

「我不會讓你們用『哪一邊獲得好成績』這種迂迴的表現來搪塞過去。有更直截了當的手段可以確認兩位小姐的優劣。」

「這話是什麼意思？」

「哦呵呵！你應該也早已經知道才對。兩星期後即將到來的第三場考驗，是所有小組爭霸的大混戰！結束戰鬥時，這間學院的所有人將會親眼目睹到愛麗絲小姐與梅莉達小姐，誰才是真正符合安傑爾之名的人物！」

「兩位小姐在競爭的並不是安傑爾的家名。」

青年冷靜的說話方式似乎讓奧賽蘿女士感到不快，她的嘴脣扭曲成ㄟ字形。

「……假如梅莉達小姐獲勝，我就要認同她們兩位組成小組是吧。既然如此，倘若梅莉達小姐落敗，請她再也不要自稱是愛麗絲小姐的朋友！」

奧賽蘿女士激動地哼了一聲，這次真的離開了。

庫法目送她的背影，接著轉頭看向背後的葛拉斯蒙德宮。

布拉克．馬迪雅的襲擊，還有被掉包的彩繪玻璃。神祕的德特立修女學生，以及某人妨礙選拔戰的阻擾行為。最重要的梅莉達與愛麗絲產生摩擦，再加上兩週後還有她們

的正面對決在等著──

在這間聖弗立戴斯威德女子學院，究竟正產生什麼風波呢？

庫法就這樣抱著沒有解答的謎題，轉身離開。他必須盡快與梅莉達會合，致力於守護她和教育她才行。

第二考驗的舉辦日正逐漸逼近──

† † †

在葛拉斯蒙德宮的中庭，有全部以玻璃構成的迷宮庭園。

庭園寬敞得有如球場，無論是花草、牆壁或橋梁，所有事物都是半透明地透光，這座神祕庭園令人難以想像是這世上會有的光景。

庭園的構造是往左右兩邊延伸的長方形，左右兩端各自設置著彷彿監視臺一般的高臺。設在正好能環顧庭園全景的位置。

然後，在更外側有好幾層觀眾席包圍住庭園。

觀眾席早已經客滿。超過三百人的女學生與職員們，優雅且有些興奮地互相議論考驗的去向。

LESSON V
～是毒，是藥，抑或她的陷阱？～

九月第四週，第三天的傍晚。

是舉辦月光女神選拔戰第二場考驗「被操控的舞蹈會」的時間。

梅莉達與庫法一進場，熱烈的歡呼聲立刻包圍住庭園。考驗進入後半戰，弗立戴斯威德候補生的愛麗絲與德特立修候補生的莎拉夏已經結束比賽。那陣興奮都還沒冷卻下來時，接著就換最有望當選的「王子」琪拉與在第一場考驗掀起話題的梅莉達要展開激戰。

這震耳欲聾的歡呼聲，也是理所當然的吧。

在梅莉達即將站上去指揮的高臺，以及位於遙遠對面的高臺底下，並列著許多用布幕蓋住的東西。

那是第二場考驗（Strategy）會使用的玻璃寵物「多佩爾」。

多佩爾有三種類型，各自存在著擅長與不擅長應付的對手，要組合哪些棋子也會變成非常重要的要素。因此直到戰鬥開始的前一刻，都不會讓對方知道彼此手上的牌。

庫法與梅莉達一邊在腦海中反芻思考己方軍隊的構成跟仔細策劃過的戰略，同時在講師的引導下前往庭園的中央入口。在設有輝煌玻璃拱門的庭園中，聖弗立戴斯威德的學院長夏洛特．布拉曼傑，與學生會長克莉絲塔．香頌正等候著。

然後就在同時，兩名德特立修的女學生從庭園對面走了過來。

是梅莉達的對戰對手「王子」琪拉，與擔任琪拉的搭檔，名叫皮妮雅的華麗女孩。從她們大膽無畏地上揚的嘴脣，可以看出她們對自己的勝利沒有一絲懷疑的自信。

兩組候補生面對面，歡呼聲更是沸騰起來。布拉曼傑學院長迅速舉起雙手手指，催促學生們安靜下來。

確認觀眾席安靜下來後，學院長面帶微笑地轉過頭。

「那麼，後半戰終於要開始了。前半戰由弗立戴斯威德的愛麗絲同學與德特立修的莎拉夏同學進行對決，演出了一場激烈的比賽。梅莉達同學、琪拉同學，妳們擁有繼承這熱烈舞臺的氣慨嗎？」

至今為止都待在休息室的庫法等人無從得知，但一直在觀戰考驗的學院長等人的興奮程度，早已經到達頂點附近了吧。梅莉達動作僵硬，琪拉則是充滿自信地點頭，於是從觀眾席響起震耳欲聾的掌聲喝采。

學院長也看似滿足地點頭回應，高舉手指打暗號。

只見克莉絲塔會長從後方搬來裝滿液體的水盆。從液體混濁成紫色的樣子來看，似乎並非單純的水。克莉絲塔會長將水盆送到梅莉達與琪拉的中間後，以真摯的眼神注視兩邊的候補生。

「那麼，在開始第二場考驗前，按照事先通知過的內容，發表追加規則。在第二場

LESSON V

～是毒，是藥，抑或她的陷阱？～

考驗要操縱投射了瑪那的多佩爾，讓他們上戰場奔馳，與敵軍激烈衝突，倘若能從對戰對手口中引出『投降』這句話，就算獲勝。只不過——追加規則第一條，操縱多佩爾的不是候補生，而是搭檔。」

咦？參加考驗的四人都發出同樣的疑問聲。

彷彿已經預料到四人的反應一般，學院長將手心蓋在事先擺在身旁的無色透明的玻璃寵物上。她的瑪那流暢地解放開來，讓人不禁為之嘆息。

人偶「啵」一聲地亮起，那火焰眨眼間遍布全身，閃耀著蠱惑的綠色光芒。學院長輕輕動了一下手指，人偶便彷彿被線控一般站了起來。

人偶接著拔出玻璃劍，以單純的動作往左往右，奮力地反覆揮劍。學院長宛如指揮家一般揮舞著指尖。

「這就是玻璃寵物『多佩爾』。雖然只能命令他們做事先設定好的單純舉動，但只需要灌注思念（瑪那）而已，因此只要是能力者，都能順利控制他們吧。」

「不過，若是由搭檔來操控多佩爾，那候補生的任務是……？」

庫法提出最根本的疑問，回答他的是指向水盆的克莉絲塔會長。

「因此有追加規則第二條。要請各位搭檔與候補生，在考驗前分別喝下『毒與藥』。」

「「「毒？」」」

這不禁讓所有人都大吃一驚。學院長看似愉快地露出微笑。

大概是第二次看見這副光景了吧，觀眾席的女學生們彷彿預料到庫法等人的反應一般，面帶微笑。克莉絲塔會長以那樣的觀眾席為背景，繼續進行解說。

「這種毒具備讓服用者的身體機能麻痺的效果。倘若喝下這個，搭檔會什麼也看不見，什麼也聽不見，碰觸到肌膚的感覺也會變得朦朧曖昧吧。」

她接著從放在口袋裡的皮袋中拿出兩個小瓶子。

小瓶子裡面裝著發出淡淡粉紅色光芒的液體，只有僅僅一口的份量。

「然後在同時，我們會請候補生服用這邊的藥水。這藥水的效果是暫時提昇與搭檔的思念同步率，按照兩人原本羈絆的強度，甚至能進行簡單的溝通吧——那麼，你們差不多明白第二場考驗的意義了嗎？」

克莉絲塔會長像在試探似的露出微笑，德特立修的琪拉不服輸地回嘴：

「換言之，是這麼回事嗎。由候補生對搭檔送出思念，搭檔只依靠候補生的指示讓多佩爾動起來。最重要的是雙方的信賴關係。」

「說得一點也沒錯。」

雙方互瞪彼此，彷彿會迸出火花一般，學院長則是一臉愉快地在旁觀看著。

LESSON V

～是毒，是藥，抑或她的陷阱？～

克莉絲塔會長將雙手貼在水盆邊，呼喚四名出場者。

「那麼，從這一刻起，考驗早已經開始了！梅莉達學妹、琪拉學妹，倘若妳們做好讓自身搭檔喝下這種毒的覺悟，請掬起裝滿手心份的毒。然後庫法大人、皮妮雅學妹，如果你們為了候補生，願意喝下這種毒，請跪地親吻她們的手心。」

除了庫法以外的三名出場者，都緊張地吞了吞口水。觀眾席的女學生們深感興趣地觀看緊張的氣氛。

是意識到觀眾的視線嗎？最先動起來的是琪拉。接著梅莉達稍微仰望了庫法的臉龐，然後以僵硬的腳步走向前方。

兩名候補生同時將手心伸進水盆，掬起一捧毒。

接著動起來的，是沒有一絲猶豫，立刻跪地的庫法。琪拉的搭檔皮妮雅則相反，她舉止有些可疑地在意著周圍的視線，然後才戰戰兢兢地跪在地面上。

分別伸向他們面前的手心與一捧毒。

兩人同時親吻手心。

庫法從下方支撐著滑嫩的手掌，一口氣吸起了毒。梅莉達露出非常難受的表情，因此庫法用舌頭舔乾最後的一滴。梅莉達似乎覺得癢而扭動身體，與庫法對上視線後，兩人都稍微露出了微笑。

緊接在那之後。

一種不快的噪音立刻從頭頂竄到腳尖。

視野轉眼間暗了下來。充斥庭園的各種聲音，逐漸遠離到黑暗的另一端。感覺就像被關到一片漆黑的箱子裡，還蓋上了蓋子。

就連肌膚的感覺也變得曖昧，無法確信自己現在擺出什麼姿勢。在倘若是一般人，就算變得精神異常也不奇怪的不安當中，庫法能確實感受到的東西只有一樣。

就是在雙手指尖亮起的微弱溫度而已。

「……老師？」

心上人的眼眸忽然失去光芒，讓梅莉達感到激烈的不安。梅莉達用力握緊重疊起來的手心，但庫法還是維持跪地的姿勢，沒有任何反應。

梅莉達小巧的胸口充斥焦躁的情緒。

「怎……怎麼辦……都……都是因為我讓老師喝什麼毒——！」

「請冷靜一點，梅莉達學妹。」

克莉絲塔會長從後方輕輕將手搭到梅莉達的肩上，在她耳邊輕聲細語。

「這也是考驗喔。其他學生們都在看著妳，觀察『那女孩的舉止夠格當月光女神

LESSON: V

～是毒，是藥，抑或她的陷阱？～

嗎？』等庫法大人恢復正常時，妳要跟他報告『我嚇得驚慌失措，很丟臉』嗎？」

「……嗚！」

雖嚴格但蘊含著感情的那聲音，讓梅莉達差點崩潰的內心在千鈞一髮之際，維持了完整。

一看之下，德特立修方的琪拉與皮妮雅，也遭受到跟梅莉達他們一樣的苦難。但是不愧是「王子」。她凜然地繃緊臉龐，絲毫沒有表露出內心的動搖。

從現在起就要跟她戰鬥了——梅莉達用力抿緊嘴唇。確認到這點後，克莉絲塔會長露出微笑，沒有讓任何人察覺到，然後鬆開了手。

學院的講師靠近庫法與皮妮雅，讓兩人分別站起來後，用黑布蒙起他們的雙眼。克莉絲塔會長將手巾遞給梅莉達與琪拉後，拿出了剛才的小瓶子與兩把匕首。

「接著，要請妳們服用這邊的藥水。請先在瓶子裡混入一滴搭檔的血。」

聽到她這麼說，兩人各自拿起她遞出來的小瓶子與匕首。梅莉達蹲到庫法面前，將匕首尖端貼到左手指尖上。

「對不起，老師。」

梅莉達輕輕地將刀刃壓在指尖上。鮮明的朱紅色滑至匕首，梅莉達立刻放鬆力量。將一滴血滴入瓶子裡後，梅莉達用手巾細心地幫庫法的手指止血。

「真是無微不至呢。」

琪拉揶揄似的這麼說，梅莉達羞得滿臉通紅。克莉絲塔會長「咳哼！」一聲清了清喉嚨，原本靜觀其變的布拉曼傑學院長來到一行人面前。

「好啦，妳們兩位，藥水效果是有時間限制的。從服用藥水的瞬間起，比賽就開始了。梅莉達同學請到那邊的高臺，琪拉同學則是到那邊——各就各位！」

出場者們遵照號令開始移動。梅莉達與琪拉按照指示走到兩邊的高臺上。庫法與皮妮雅則是在講師們與克莉絲塔會長的協助下，分別到各自的候補生底下待命。

到了這個階段，才總算公開了候補生各自挑選的多佩爾。

布幕啪沙一聲地被揭開，瓦斯燈的光芒反射在藝術般的玻璃上。

梅莉達選擇的多佩爾是八隻「獵人類型」、四隻「冒險家類型」、三隻「盜賊類型」，是重視速度的構成。相對的琪拉則是三隻獵人、八隻冒險家與四隻盜賊，是重視防禦的布陣——

原本預測對方會以攻擊為主的梅莉達，臉頰滑落一抹冷汗。

話雖如此，但已經無法改變作戰。現在也不能找可靠的庫法商量。梅莉達必須在這個從觀眾席和庭園被隔離開來的高臺上，靠自己一個人戰勝對方。

愛麗絲站在這裡時，是怎樣的心境呢？這樣的想法忽然閃過腦海中。梅莉達想起這

LESSON V

～是毒，是藥，抑或她的陷阱？～

陣子都沒有跟愛麗絲說話的事，心情逐漸沉落到陰暗的黑暗底部。

學院長的聲音與女學生們的歡呼聲同時傳來，讓梅莉達猛然抬起了頭。

「那麼，第二場考驗的後半戰，終於到了開幕的時刻！首先有請梅莉達同學與琪拉同學，如果妳們願意接納搭檔的一部分，請將小瓶子裡的液體喝得一滴不剩！」

「……嗚！」

接納庫法的一部分——一這麼想，不知何故，就覺得手裡拿的小瓶子裝的液體具備特別的意義。不過那對梅莉達而言，是早就經歷過一次的體驗。

首次見到庫法那一晚，為了讓瑪那覺醒，從庫法的嘴脣注入彷彿要融化般的熱度那時——

在對面的琪拉舉起手臂的同時，梅莉達也將嘴脣湊近小瓶子邊緣，一鼓作氣地喝掉裡面的液體。

那是一種與熱紅茶和冰果汁都不同的奇妙感覺。滑落喉嚨的液體，從接觸到的地方開始帶來搔癢般的刺激。那刺激從身體中心蔓延到手腳的指尖，滲透身體每個角落，讓人忍受不了。甜美的麻痺感毫不停歇地折騰全身，梅莉達忍不住發出「嗯！」的呻吟聲。

梅莉達自覺到臉頰泛紅，連忙摀住了嘴。所幸因為距離和高度的關係，似乎沒有任何人注意到梅莉達的聲音與動作。梅莉達拚命壓抑住胸口的小鹿亂撞，接著從腳邊的遠處傳來布拉曼傑學院長宏亮的聲音。

「兩位可能會有奇妙的感覺，但很快就會平息下來吧。那麼，這麼一來，妳們應該就能與搭檔進行思念交涉了。請先試著呼喚各自的搭檔，要求他們解放瑪那，啟動多佩爾。」

梅莉達與琪拉閉上雙眼，在內心對各自的搭檔送出思念。

──老師，如果你聽見我的聲音……

轟！梅莉達的思念才傳送到一半，蒼藍火焰便從庫法全身迸發出來。火焰的光輝也傳播給並列在兩端的玻璃人偶，十六柱火焰一同噴向天空。

觀眾席掀起格外熱烈的歡呼聲。就連梅莉達本身也大吃一驚。看來所謂的思念交涉，似乎是將意圖直接傳達過去，而非思考的樣子。

在對面高臺上驚訝地張大了嘴的琪拉，連忙再次閉上眼睛，她蹙緊眉頭，咬緊牙關。幾秒過後，皮妮雅那方也連續迸出瑪那火焰，觀眾席送上略微平淡的歡呼聲。

布拉曼傑學院長繼續解說。

「兩位候補生要先仔細掌握庭園的構造。可以看見有五個地方各擺著一個小瓶子對吧──那是解毒藥。只要服用解毒藥，就能讓搭檔分三階段恢復被封住的視覺、聽覺和觸覺。」

梅莉達反射性地環顧庭園，目視到存在於輝煌玻璃世界中，設置在底座上的粉紅色小瓶子。一共有五個。梅莉達立刻在腦內構思起進軍路線，盤算該通過迷宮的哪一處，才能以最短距離到達設有解毒藥的地方。

彷彿早已算到候補生們會有這種想法，學院長繼續說了下去。

「兩位候補生請再次確認這場比賽的目標。勝利條件是讓對方『投降』。首先是考慮要為了讓搭檔恢復，而以獲得解毒藥為優先，或者是率先衝入敵人陣營；然後在己方軍隊被逼入絕境時，是要顧慮到搭檔安全而盡快棄權，還是相信搭檔，戰鬥到最後一刻……請妳們回想起來，這場戰鬥未必只是在競爭勝負而已。在觀眾席上的各位同學，會看清妳們的指揮是否夠格當月光女神吧。」

學院長細小的眼眸稍微看向對面的琪拉，她一臉不服氣地扭曲了嘴脣。

布拉曼傑學院長一度轉頭看向後方的觀眾席，然後重新面向庭園。她仔細確認雙方軍隊都已經準備完畢後，高聲宣言：

「很好！那麼月光女神選拔戰第二場考驗『被操控的舞蹈會』，後半戰的梅莉達．安傑爾對琪拉．艾斯帕達戰——現在正式開戰！」

勇猛的樂團音色響徹周圍，梅莉達瞬間對庫法送出思念。

己方軍隊的多佩爾隨即動了起來，而且完美地反映出梅莉達的意圖。

點亮蒼藍火焰的十五隻玻璃人偶流暢地分成三路。首先是各四隻「獵人」類型分別前往庭園的左右兩方，剩下的四隻「冒險家」類型與三隻「盜賊」類型聚集起來，一鼓作氣地突擊中央。

在這種遊戲中，首先要在會成為主要戰場的中央部分獲得有利的位置，這是最優先的行動——雖然這是套用幫忙思考作戰的家庭教師和學姊的說法，總之梅莉達回想趁訓練空檔拚命背起來的戰術套路，她俯視眼底，將思念傳送給庫法。

分散到左右兩方的「獵人」多佩爾們，以天生的敏捷度在庭園中奔馳，迅速擴展陣地。其中一隻很快地撿起一瓶解毒藥。接著有另一隻又撿起一瓶。梅莉達毫不猶豫地試圖讓那兩隻獵人返回大本營。

要讓搭檔的身體機能完全恢復，需要三瓶解毒藥。不過，配置在庭園裡的解毒藥總共只有五瓶……換言之，這是其中一方的搭檔必定會陷入不利狀態的設計。

縱然不是那樣，只要庫法能多少找回視力，戰局肯定會變得大大有利。首先要把解毒藥送到庫法身邊，這是最優先的事情——……

就在梅莉達思考到這邊時。

啪鏘——！讓人汗毛直豎的破裂聲響，中斷了梅莉達的思考。

染上蒼藍火焰的玻璃人偶們，化為好幾層碎片粉碎散落。在前方架著厚重玻璃盾牌的「冒險家」多佩爾，撿起滾落到腳邊的粉紅色小瓶子。

「冒險家」迅速返回皮妮雅在等候的對面方向。是琪拉操控的多佩爾……解毒藥被搶走了！

梅莉達感到火冒三丈。但她無法讓對上「冒險家」會占優勢的「盜賊」從戰場中央移動。梅莉達一邊這麼想，同時以非常不快的表情環顧周圍。

然後她懷疑起自己的眼睛。

「咦？」

理應占據戰場中央的「冒險家」與「盜賊」多佩爾們，遭到琪拉方指揮的「獵人」與「盜賊」蹂躪。

這是難以理解的指揮。對方軍隊是以「冒險家」為主軸，重視防禦。既然如此，當然會讓他們前往中央，鞏固前線才對……但琪拉她們無視那樣的理論，以特別強化了攻擊與速度的多佩爾們，精彩地迎戰梅莉達的侵略。

那麼，對方重要的「冒險家」們究竟在哪裡呢？梅莉達眼花繚亂地環顧庭園，目睹到更難以置信的光景。

敵人的八隻「冒險家」多佩爾各自採取單獨行動，以埋伏的形式，襲擊梅莉達方在庭園中看似橫行無阻的「獵人」。

因為絕對的強弱關係，「獵人」多佩爾贏不了「冒險家」多佩爾。寄宿著蒼藍火焰的玻璃人偶接連粉碎散落，眼看數量愈來愈少。粉紅色小瓶子從其中一隻獵人手上滾落。

她盯著對面的梅莉達，看似得意地笑了。

琪拉讓己方軍隊的多佩爾撿起瓶子，折返回皮妮雅身邊。

「……唔！」

這實在太過一面倒的發展，讓梅莉達的思考僵硬住了。這已經不是互相推測戰術的等級了。琪拉從最開始的一步，就是以完全看穿梅莉達的軍隊會是怎樣的構成，會如何運用他們為前提，讓多佩爾採取行動。

簡直就像她事先已經知道梅莉達會如何指揮……——

皮妮雅佇立在琪拉方的大本營，三隻多佩爾急馳到她身邊。手上各自攜帶著粉紅色小瓶子。宛如伺候女王一般，他們單膝跪地，獻上小瓶子。

皮妮雅從其中一邊拿起一瓶，嬌豔地將僅有一口份量的液體一飲而盡。她扔掉瓶子，拿起第二瓶。奢侈地再拿起第三瓶——

一鼓作氣地喝光後，她抓住遮蓋雙眼的黑色眼罩，氣勢猛烈地摘了下來。她以找回光芒的眼眸仰望頭上，對心愛的琪拉拋了個媚眼。

LESSON V

～是毒，是藥，抑或她的陷阱？～

琪拉看似滿足地點頭回應，對遠方的梅莉達大聲喊道：

「妳覺得自己還有勝算嗎？」

「唔……！」

梅莉達毫不氣餒地對庫法傳送思念。解毒藥還有兩瓶。就算只有一瓶也好，只要能送到庫法手上，局勢一定會一口氣偏向這邊。

「真可憐呢。」

琪拉微微哼笑，用指尖向皮妮雅打暗號。搭檔完全恢復正常的她們，已經沒必要依靠不確定的思念交涉。多佩爾們比剛才要迅速好幾倍地反映出指揮，行動起來。

對方確實地追趕梅莉達方孤立起來的「獵人」們並加以破壞，憑藉強弱關係的優勢摧毀一直在中央拚命抵抗的「冒險家」與「盜賊」集團。

才一眨眼，庭園已經四處不見蒼藍火焰的光輝。

琪拉得意地笑了，她從容不迫地環顧沒有礙事者的庭園，讓幾隻多佩爾進軍。她讓多佩爾走近一直堅強地等候來訪者的兩個小瓶子旁邊，各自拿起瓶子並高舉起來，像是要展示給高臺上的梅莉達看。

「妳想要嗎？」

「……唔！」

梅莉達拚命把衝到喉嚨的話吞了回去，瞪著琪拉看。

「王子」似乎不滿梅莉達這樣的態度，她將端正的嘴角扭曲成「ㄟ」字形。以略微粗魯的動作，向皮妮雅揮了揮手。

隨後，高舉小瓶子的兩隻多佩爾，將瓶子拋向上空——

然後看準瓶子掉落下來的時機，使勁揮出武器。

瓶子發出悲傷的破碎聲響，裡面的藥水灑落地面。

「啊——哈哈哈哈哈！這麼一來，妳的搭檔就永遠是個沒用的廢物了！」

「……嗚！」

那一瞬間，梅莉達的眼眸不禁差點滲出淚水。不過，琪拉並未放鬆攻勢。

「我也不喜歡欺負弱者，我勸妳趁早棄權吧！」

敵方陣營的十五隻多佩爾，伴隨著「王子」的咆哮，一同開始了突擊。他們已經沒必要提防梅莉達方的戰術。在梅莉達的陣地中，只有被封住身體機能，且被蒙上眼罩的庫法一個人。

從前頭飛奔過來的敵方「盜賊」，像在炫耀似的舉起厚重的玻璃斧頭——他順著助跑的氣勢，使勁毆打庫法。

轟！發出了彷彿會撼動骨頭般的低沉聲響，庫法的上半身也不禁輕微晃動。

LESSON V

～是毒，是藥，抑或她的陷阱？～

「——唔！」

梅莉達反射性地用手心摀住嘴。較慢飛奔過來的剩餘十四隻多佩爾包圍梅莉達的心上人，從四面八方開始揮落玻璃武器。

庫法只能呆站在原地，多佩爾們毫不留情，固執地攻擊他的腹部、小腿、手臂、頭部……低沉的聲響重疊了好幾波迴盪著，讓梅莉達纖細的雙腳顫抖起來。

觀眾席也傳來零星的哀號。每當庫法的臉龐快遭到毆打時，就有好幾個人立刻摀住眼睛。彷彿在說看不下去一般，有女學生向天祈禱。

在這當中，在最前排觀戰比賽的白髮女性——也就是把庫法與梅莉達視為眼中釘的奧賽蘿女士，只差沒摔落下來地挺身向前，欣喜若狂。

「收拾他！收拾他！噫～～嘻嘻嘻嘻！」

就在她秀出彷彿魔女儀式般的舞蹈，令人感到毛骨悚然時，琪拉像是對觀眾席的反應心滿意足一般，從對面的高臺傳來她宏亮的聲音。

「看到沒，看到沒，看到沒！妳不投降沒關係嗎！妳知道妳的搭檔現在作何感想嗎！在什麼也看不見，什麼也聽不到的黑暗當中，全身遭受到真相不明的痛苦折磨！哈哈！如果是我，內心一定會發狂吧！他現在正拚命擠出發不出來的聲音，在跟妳求救呢！想拜託妳快點投降，拜託妳早點讓他脫離這種痛苦！啊哈哈哈哈哈！」

「……手……」

壓抑住的聲音差點從梅莉達的喉嚨冒出來。

那是打從成為庫法的學生前，還有在遇到他之後更加致力於絕不吐露出來的喪氣話。梅莉達認為如果想抬頭挺胸地自稱是庫法的學生，就不能做出愧對他的言行。

不過，假如那種自尊心會傷害到重要的他。

如果他真的在黑暗當中向梅莉達求助的話──………

梅莉達將額頭貼到扶手上，顫抖地張開雙脣。

「我……我投──」

『抬起頭來。』

梅莉達猛然瞠大了眼。

照理說不可能聽見。但卻是至今聽過好幾次的聲音。當梅莉達的內心感到挫折時，會正確地照耀出梅莉達前進的方向，嚴格中蘊含溫柔的他的聲音──

梅莉達再一次聽見了。

──抬起頭來，梅莉達・安傑爾！

LESSON: V
～是毒，是藥，抑或她的陷阱？～

† † †

對戰對手一直不肯認輸，因此琪拉．艾斯帕達漸漸焦躁起來。思念同步率正提昇中的搭檔皮妮雅．哈斯蘭，也傳來困惑的情感。

佇立在對面高臺的弗立戴斯威德一年級生，從琪拉眼裡看來，相當渺小的梅莉達．安傑爾，雖然一度頹喪地低下頭，卻沒多久又抬起頭來。她挺直了背，開始注視下方。

她注視的前方是搭檔悽慘的模樣。無論眼睛、耳朵和肌膚的感覺都被封印住的軍服打扮青年，對於從四面八方襲來的玻璃人偶們束手無策，正遭到圍毆。那光景就連唆使多佩爾這麼做的琪拉和皮妮雅本人，也不禁想要移開視線——

但那個一年級生卻連眼睛也忘了眨一般，一直凝視那副光景。

那邊的兩人組究竟在想什麼呢？琪拉的心境就像是窺見來路不明的東西，一抹冷汗滑過她背後。

「妳該適可而止了吧！妳重要的搭檔會受重傷喔！」

琪拉這麼怒吼，但她同時自覺到自己也一樣被逼入絕境。

畢竟——無論怎麼毆打，感覺都無法打倒那個軍服打扮的青年。對方呆站在原地。這邊可以盡情助跑，盡情瞄準他的要害。

儘管如此，無論讓多佩爾用玻璃武器攻擊他幾次，那高大的身軀仍是一動也不動。倘若發動強烈的攻擊，就算是他多少也會搖晃一下，但絕不會連軀幹都動搖——十分驚人的深層肌肉。

——那個青年的能力值究竟有多高啊！

對於這個看不見也聽不見的對手，琪拉感到戰慄。這樣別說是讓他受傷，甚至不確定是否有累積起損傷。琪拉無法想像要打倒那個怪物，究竟得連續毆打幾個小時才行。

然後這樣的狀況，對於以月光女神寶座為目標的候補生琪拉而言，朝不利的方向發揮了作用。

觀眾席上擁有投票權的女學生們，目睹到這悽慘的膠著狀態，臉色都蒼白起來。她們像是忍受不了一般，與周圍的朋友們交換意見。

「這會不會做得太過火了？」

「梅莉達小姐為什麼不棄權呢！這樣下去庫法大人真的會受傷……！她不惜做到這樣，也想要月光女神的寶座嗎？」

「琪拉小姐也是……要是能再手下留情一點就好了……」

「這場比賽應該要仲裁了吧，學院長為什麼不說話呢？」

「妳們安靜地看比賽吧。」

LESSON: V
～是毒，是藥，抑或她的陷阱？～

一名武術教官雖是女性，但以勇猛的男性用詞讓周圍閉上了嘴。

「雙方都還沒有喊『投降』。這就是一切。」

「但是……」

女學生們看似焦急的視線望向這邊。琪拉用力地咬緊牙關。照這樣下去，就算贏了比賽，別說提升得票數了，反倒會造成反效果。明明趕緊棄權就好了，梅莉達．安傑爾為何不那麼做！

既然如此，就只能在視覺上徹底讓她明白——

她已經連一絲勝算都沒有了！

「皮妮雅——！」

琪拉的咆哮響徹周圍，位於高臺底下的少女搭檔嚇了一跳，抬起頭來。她的慌張與恐懼傳遞過來。她對不知何時才會結束的這場戰鬥懷抱著不安。

觀眾席上的女學生也一樣。已經不可能紳士般地做個了結——

既然如此，我就以壓倒性強者的身分君臨這座戰場，靠蠻力奪取票數！

「我要讓這場戰鬥結束！順從我的命令吧！」

琪拉毅然決然的宣言，讓皮妮雅的表情也嚴肅起來。思念同步率提昇到極限，琪拉的思念直接傳導給多佩爾。

圍住庫法的玻璃人偶彷彿事先商量過一般拉開了距離。四隻多佩爾沿著周圍轉圈，同時一蹬地面。

首先是從前後左右同時重擊頭部，無論如何都要把敵人拉倒在地。之後用武器刺穿他全身，再把他吊起來，拖著他繞遍整座庭園，直到從高臺觀看的梅莉達說出「投降」為止。與身為德特立修學生的琪拉不同，梅莉達是弗立戴斯威德生。倘若考慮到今後要在這間學院繼續生活，再想想周圍女學生們的評價，她應該會很快察覺到自己該做出怎樣的決定吧。

琪拉像是要割捨內心軟弱的部分，她大吼道：

「給我擊潰他──！」

玻璃寵物們更加快了速度。他們同時高舉各自的武器。從前後左右逼近庫法，逼近到只剩一步的距離。即將發生的悽慘光景，讓觀眾席的女學生們發出哀號，摀住眼睛。然後，位於對面高臺的梅莉達則是──

直到最後，都一直看著搭檔的身影。

啪鏘──！發出了截至目前最為激烈且清澈的聲響。

LESSON V
～是毒，是藥，抑或她的陷阱？～

瞬間，沉默籠罩整座庭園。音色的餘韻無邊際地迴盪在高空中。摀住眼睛的女學生鬆開手心，驚訝地倒抽了口氣。看到同樣光景的琪拉，雙腳無意識地退後兩三步。

「騙……騙人的吧……！」

庫法他——並沒有被打倒。

他從直立的姿勢往前踏一步，擺出斜著身體的架勢，同時揮出右拳。靠反擊粉碎了從正面逼近的玻璃寵物頭部。從其他三個方向揮落的武器在交錯點重疊起來，沒有一把碰觸到目標。

頭部被粉碎的玻璃寵物崩落。庫法從玻璃塊中收回拳頭——

他**這麼說**：

「我記住了。」

隨後，他的全身宛如雷電一般閃耀光芒。

觀眾席上超過三百人的女學生們，無一例外地忘了聲音，被庭園的光景吸引住了。戴著眼罩的軍服打扮青年，以美到讓人屏住氣息的的赤手空拳逐一粉碎玻璃人偶們。

他用手背甩開多佩爾迫不得已揮落的玻璃劍，利用對方氣勢做出的反擊粉碎對方的下顎，順勢將頭部撞飛到高空上。他有節奏地踹向從左右兩邊同時逼近的兩隻，以最後的迴旋踢和掃回的後腳跟分別擊潰他們的頭。他的軍服下襬翻動，有如特技表演一般舞動，於是被捲進踢擊的三隻多佩爾便同時碎裂散落。

一直說不出話的女學生們總算找回了話語。

「這……這是怎麼一回事，是毒藥失效了嗎？」

「不，不對，不是那樣。」

武術教官講話速度稍微快了起來，同時挺身探向前方。

「直到服用解藥為止，毒效是不會消散的。那傢伙應該還是什麼也看不見，而且什麼也聽不見才對。」

「如果是這樣，為什麼他能辦到那種事呢……！」

「有人代替他的『眼睛』——是安傑爾。」

武術教官稍微看向庭園的高臺。佇立在高臺上的金髮美少女，跟剛才一樣用蘊含決心的眼神，一直盯著下方看。

儘管是自己教導的學生之一，她的身影仍讓教官感到一絲敬畏。

「這就是他們的目的……！多佩爾只有三種單純的攻擊模式。那個**黑色的**是透過被毆打的感覺，安傑爾則是透過視覺來分析敵人的舉動，一個個連結起來。他們大概是靠思念交流了暗號吧。」

「那種事辦得到嗎……？」

「當然不是一朝一夕能辦到的。光是分析敵人的行動還不夠，同時必須完美地掌握搭檔的『間隔』，才能展開反擊。這不是一般的信賴關係能辦到的事情喔……！」

武術教官語尾顫抖著，然後以微弱的聲音補充說道：

「簡直就像那兩人互相把性命託付給對方一樣……——」

周圍響起玻璃的破碎聲，像是要蓋過教官的聲音。

在黑暗當中，庫法只依靠梅莉達的思念，讓全身躍動起來。

正面有「盜賊」，攻擊模式2。

右邊四十五度角有「獵人」，攻擊模式1。

零點四秒後，左邊九十四度角有攻擊模式3的「冒險家」——

每當梅莉達的思念閃過腦海，看不見的敵人身影便會在黑暗中鮮明地浮現。只要按照那些印象揮舞拳頭，傳遞到肌膚的微弱感覺，就會告訴庫法他與梅莉達的連繫沒有一絲差錯。

忽然，全身有種彷彿被波浪撫摸般的感覺。這是怎麼回事呢？庫法感到疑問，但不斷襲擊過來的敵人印象，讓他無法停手休息。

LESSON: V

～是毒，是藥，抑或她的陷阱？～

在九成身體感覺被封住的現在，只能依靠直覺與經驗，還有習慣成自然的卓越平衡感使出踢擊。小腿、腳刀與後腳跟橫行無阻地踹開敵人影子，在使出後迴旋踢之後，又立刻冒出波浪撫摸全身的感覺。

啊——庫法察覺到了。

這是歡呼聲——

興奮到撼動地面的狂熱包圍觀眾席。青年在被蒙住眼的狀態下，單方面地擊潰敵方集團的身影，不分弗立戴斯威德或德特立修，三百人以上的學生都送上熱烈聲援。

原本那麼顯著的壓倒性戰力差距，眨眼間便歸零。庫法用左右兩手的反背拳同時擊碎剩下的最後兩隻多佩爾。掀起更加熱烈的歡呼聲。

「啊……啊啊……！」

敵人彷彿怪物般的猛攻，讓琪拉方的關鍵人物皮妮雅害怕得顫抖著膝蓋。庫法被眼罩遮住的視線筆直面向她那邊時，皮妮雅的喉嚨發出「噫！」的微弱哀號。

庫法以敵人的大本營為目標，邁出步伐——他在第三步時重心不穩，膝蓋落地。觀眾席發出「啊啊！」的哀號。

「他連要筆直走路也有問題呀！」

「居然能在那樣的狀態下奮戰……！」

聽到觀眾席的交談，原本被震撼住的琪拉也回過神來。

「冷……冷靜點，皮妮雅！顯然妳還是比較占上風——」

就在琪拉話說到一半時，一陣颯爽的奔馳聲穿過高臺底下。

點亮蒼藍火焰的「獵人」多佩爾從陰影處跳了出來，朝皮妮雅的背後使出一擊。「呀啊！」皮妮雅發出哀號，她忍不住倒落到地面上。

俯視那光景的琪拉，終於震驚到說不出話來。

「居然還留著一隻……多佩爾嗎……！」

「獵人」從趴倒在地的皮妮雅背後靠近，還有眼罩隨風飄揚的庫法從前方逐漸走近。皮妮雅抬起頭，她無路可逃，就這樣一屁股跌坐在地上，顫抖個不停。

琪拉狠狠咬緊了牙齒。

彷彿打從心底硬擠出來一般，她的嘴脣吐出苦澀之情。

「……我投降。」

「到此為止！比賽結束——！」

布拉曼傑學院長那宛如聲樂家般的美聲迴盪在場內，學院樂團吹響高分貝的號角。

然後觀眾席籠罩在彷彿爆發了的歡呼聲中。

LESSON: V

～是毒，是藥，抑或她的陷阱？～

「——老師！」

瞬間，梅莉達立刻表情扭曲，飛奔到高臺下面。她筆直地橫跨庭園，專注地奔向對方那邊的高臺底下。

似乎是思念傳遞了過去，庫法放鬆警戒，坐倒在地面上。梅莉順著氣勢抱住那樣的他。

「老師！老師！老師……！」

梅莉達把庫法的頭彷彿寶物一般緊抱，但沒有反應。從庭園外飛奔過來的克莉絲塔會長，在梅莉達眼前秀出一瓶裝滿液體的小瓶子。

「這是解毒藥。」

「……唔！」

梅莉達立刻接過解毒藥，拔開蓋子。倘若沒有任何人在看，梅莉達說不定會自己把解毒藥含在嘴裡，餵庫法喝下。梅莉達將瓶口壓在庫法嘴脣上，臉靠近到彷彿會親下去。

她按捺住衝動的情緒，緩緩將瓶子傾斜，只見瓶子裡的液體很快就沒了。

梅莉達像要抱住庫法一般伸出手，將眼罩從庫法的雙眼上摘下。梅莉達從近距離窺探庫法的臉，只見庫法靜靜地張開的眼眸，亮起美麗的光芒。

他揚起精悍的嘴角笑了。

「——哎呀哎呀，難得的美貌都被淚水糟蹋了不是嗎？」

「老師……！」

梅莉達甚至忘了學院的大家都在看，她用力抱住庫法的脖子。那光景讓觀眾席的女學生們陶醉地嘆息，庫法雖然有些為難地不知該如何是好，仍溫柔回抱住梅莉達。

有個人物絲毫無法容忍這宛如名畫般的光景，從觀眾席跳了出來。

「這一定是哪裡搞錯了！」

是奧賽蘿女士。她在途中拿起裝滿毒藥的水盆，對學院長與克莉絲塔會長投以懷疑的視線。

「在眼睛和耳朵都被封住的狀態下——不可能辦得到那種事！一定是搞了什麼小把戲！」

「不，奧賽蘿女士。藥物是我們學生會負責管理的東西。」

聽到身為學生的克莉絲塔會長這麼冷靜地反駁，滿是皺紋的臉氣憤地漲紅。

「既然如此，就是毒藥的效果太弱了吧！」

奧賽蘿女士這麼吶喊，隨即自己掬起水盆裡的液體，從手心啜飲。克莉絲塔會長「啊！」了一聲，還無暇阻止，她便一飲而盡。

在她放下手掌，過了三秒後。

LESSON V

～是毒，是藥，抑或她的陷阱？～

「……嗚。」

砰——！的一聲，奧賽蘿女士臉朝上地倒下。克莉絲塔會長、觀眾席的女學生和講師們發出哀號。

「奧賽蘿女士！」

「不好了，奧賽蘿女士她……！」

學院長感嘆地俯視她的醜態，伴隨著嘆息說道：

「來個人立刻把她送到醫務室……需要再多準備一份解毒藥了呢。」

就在學院長目送被搬上擔架送走的奧賽蘿女士時，這次換別的人物前來挑毛病了。

跟第一場考驗結束時如出一轍地逼近學院長的是琪拉．艾斯帕達，她這次又得認命接受非她本意的結果。

「這樣太不公平了！她並不是因為戰術而獲勝，而是多虧了搭檔的能力值！就考試過程來看，應該可以判定是我獲勝！」

「別無理取鬧，琪拉學妹。」

這麼勸誡琪拉的，並非布拉曼傑學院長，也非克莉絲塔會長。

聖德特立修女子學園的總室長妮裘．托爾門塔，從連接宮殿裡的大門那邊現身。

出乎意料的人物提出的勸告，讓「王子」也不禁感到畏縮。

「室……室長……？」

「妳已經忘了學院長說過的話嗎？選拔戰未必只是競爭勝負的比賽。妳能對在這裡的各位發誓，妳當真是堂堂正正地戰鬥了嗎？」

「——嗚！」

「而且，假設妳與皮妮雅學妹具備跟他們同等的潛能，妳們真的能辦到完全一樣的事情嗎？」

琪拉終於沉默了下來。妮袞室長搖了搖頭，同時補充道：

「至少我是辦不到的。」

然後妮袞室長在至今仍眼中泛淚的梅莉達面前跪了下來，拉起她的雙手。

「對不起，梅莉達學妹。請原諒我在學院長室的失禮。」

「咦……？」

「妳無庸置疑地是聖德特立修女子學園的勁敵。是值得我們全力一戰的，聖弗立戴斯威德女子學院的月光女神候補生喔。」

她站起身退後一步，高聲地拍響手掌。觀眾席的德特立修學生彷彿在追隨她一般跟著鼓掌，這股潮流蔓延開來，所有女學生都熱烈鼓掌，祝福第二場考驗的勝利者。

梅莉達害羞地低下頭，她的眼眸又亮起淚光。

LESSON V

～是毒，是藥，抑或她的陷阱？～

因為先前一直坐著，庫法為了襯托梅莉達，雙腳使力想站起來。但在途中重心不穩，又再次坐倒在地。梅莉達看似擔心地用緊張的聲音問道：

「老師？」

「沒……沒問題。這並非受傷，而是毒素似乎還殘留在體內的樣子……」

聽到他們對話的學院長連連點頭，向克莉絲塔會長發出指示。

「香頌小姐，請送梵皮爾先生與哈斯蘭小姐到醫務室——啊，安傑爾小姐、艾斯帕達小姐，請妳們留在這裡，還不要離開。」

「咦？」

「這之後會向所有學生發表第三場考驗的概要。妳們也先聽一下，不會吃虧的吧。要確實做好心理準備——畢竟下次就是最後一場考驗了。」

梅莉達與琪拉自然地四目交接，琪拉「哼！」一聲地別過臉去。

接著梅莉達一臉依依不捨地抓住庫法的手。

「老師……」

「請別擺出那樣的表情，我很快就會回來。請連我的份一起仔細聆聽學院長的話。」

庫法這麼勸告梅莉達後，他謹慎地站了起來，轉身離開。他跟從克莉絲塔會長的引導邁出步伐，女學生們依然興奮不已，庫法聽著背後傳來的鼓掌喝采聲，離開了葛拉斯蒙德宮的中庭。

† † †

「嗚嗚～～頭昏眼花～……」

庫法前往醫務室，只見那裡已經有先來的客人。豔麗的紅髮與充滿魅力的衣裳，還有模特兒般苗條身材的蘿賽蒂．普利凱特。身為愛麗絲搭檔的她，已經先一步經歷第二場考驗，在這裡接受照料吧。

心境已經宛如同事一般的她，一看到庫法的身影，便舉起手說了聲「辛苦啦」。但她的臉色糟到連那種程度的動作，看來都嫌麻煩。

「辛苦了……妳還好嗎？」

「嗯～不太好……因為以我的體質來說，這種藥物類的東西會發揮太強的效力，遇到強烈的毒藥跟洗掉毒藥的解藥這種雙重攻擊，就會像這樣頭昏眼花……大概是這樣。」

就在蘿賽蒂喋喋不休地嘮叨時，她忽然以狐疑的視線仰望庫法。

「話說你為什麼看來一點事情也沒有呢？」

LESSON: V

～是毒，是藥，抑或她的陷阱？～

「因為我已經習慣毒藥了。」

「真狡猾！」

就算她嫌狡猾，庫法也無可奈何。話雖如此，但庫法知道她像這樣說話時，只是在無理取鬧而已，因此不會認真看待。

相對的，庫法主動提起其他話題。

「愛麗絲小姐的比賽怎麼樣呢？」

「姑且是獲勝了啦……但以戰略來說，感覺平分秋色。畢竟幾乎是靠我的能力值硬碾，不曉得對得票數會產生怎樣的影響呢。」

「這樣子啊。」

這時，醫務室的入口附近忽然吵鬧起來。

「奧賽蘿女士，妳再稍微休息一下吧……」

「不，不，不用！我對健康很有自信！」

是白髮有些凌亂的奧賽蘿女士。儘管她的腳步微妙地有些踉蹌，她仍甩開修女，離開醫務室。

看到她的背影宛如被風吹起的小樹枝一般，庫法內心冒出了惡作劇的念頭。他以輕快的腳步轉過身，蘿賽蒂用疑惑的聲音朝庫法的背影問道：

「咦，慢點，你打算去做什麼？」

庫法一言不發，用別有含意的笑容回應後，一邊消除腳步聲，同時前往走廊。

不出所料，奧賽蘿女士手貼著牆壁，看起來很不舒服的樣子。居然遭到自己喝下的毒藥折磨，實在無藥可救。庫法按捺住笑意，走近她身邊。

「需要幫忙嗎，女士？」

「……嗚！」

奧賽蘿女士一言不發地轉過頭來，她用蘊含著百萬種詛咒的視線瞪著庫法看，來代替發不出來的聲音。庫法愈來愈難以按捺笑意。

「哎呀，妳看見了嗎。梅莉達小姐剛才那精彩的指揮！來自觀眾席的鼓掌喝采！簡直就讓人想起那時候的事情呢。吶，就是上學期的公開賽啊。那時小姐也是以出乎大家意料的活躍吸引了觀眾的目光。聽說某人看見小姐那英勇的姿態，就像黑猩猩一樣發狂般地——」

「給我閉嘴！」

奧賽蘿女士大聲怒吼。在庫法同時壓抑住聲音與笑聲時，她更高聲地喋喋不休道：

「真是夠了，無論是你或梅莉達小姐，還有另一間學校叫莎拉夏跟琪拉的女孩！真是頑強到教人受不了！明明乖乖把月光女神的頭冠交出來就好了……！早知道這樣，就

LESSON: V

～是毒，是藥，抑或她的陷阱？～

應該在彩繪玻璃上只刻下『愛麗絲・安傑爾』的名字呀！」

瞬間，庫法的思考僵硬住了。奧賽蘿女士也在同時驚覺自己的失言，閉上了嘴。

——**應該只刻下『愛麗絲』的名字**？

「那麼，是妳做的？」

庫法像是在確認般的詢問。能夠吐出這種台詞的，在這間學院只有僅僅一人。

「潛入葛拉斯蒙德宮，掉包彩繪玻璃，讓小姐們不得不出場選拔戰……這一切都是妳設計的嗎？」

「……唔！」

奧賽蘿女士沒有直接回答，只是像翻臉似的哼了一聲。

「……居然無視愛麗絲小姐的存在，打算選出什麼『代表學生』，實在太不敬了！這間學院的所有學生都應該知曉，愛麗絲小姐背負的家名是多麼尊貴的名號！」

「等等，剛才那些話是真的嗎……？」

突然傳來的第三者聲音，讓庫法與奧賽蘿女士同時轉過頭去。

紅髮的家庭教師手拉著醫務室的門把，震驚地瞠大了眼。她大概是感到擔心而前來觀察情況的吧。她一臉難以置信的表情，搖了好幾次頭。

「奧賽蘿女士……我從之前就一直覺得奧賽蘿女士的做法是錯誤的！硬要把愛麗絲

小姐推成候補生，妳難道不明白愛麗絲小姐有多麼受傷，而且多麼折騰學校的女孩們嗎！也有女孩因此哭泣了喔？」

「……嗚！」

奧賽蘿女士果然還是沒有一聲道歉。庫法也想起梅莉達在陽臺流下的淚水，難受地嘆了口氣。

「……不光是這樣而已。第一場考驗時在衣服上動手腳，第二場考驗時把我們的作戰洩漏給琪拉小姐她們，這些都是妳搞的鬼吧？」

庫法一直共有梅莉達的思念，因此他很清楚。

妮裘室長也有提及，剛才那場比賽，對戰對手的琪拉肯定對這邊的戰術瞭若指掌。一定有人把梅莉達的戰略從軍隊構成到進軍計畫，都詳細地告訴了對方。

然而，奧賽蘿女士卻在這時揚起了眉尾。

「你別隨便誣賴人！我才不會做那麼卑鄙的行為！」

「咦……？」

「兩位老師，你們想要趁機得意忘形起來是無妨，但請仔細想想自己的立場吧。你們會切身領悟到要是追究我的行為，將有什麼下場！而且，你們等著看吧！在接下來的第三場考驗中，好運是不會一直持續下去的！」

LESSON: V

～是毒，是藥，抑或她的陷阱？～

奧賽蘿女士哼了一聲，激動地這麼說道後，轉身離開了。年輕的家庭教師們目送宛如枯枝的背影逐漸遠去，只能目瞪口呆地面面相覷。

——進行妨礙工作的人並不是她？

那麼是誰？這次是馬迪雅嗎，還是另有其人？不，追根究柢，奧賽蘿女士未必只有說實話……

庫法的思考混亂到極點。年邁烏鴉留下的尖銳聲音，一直縈繞在耳中，揮之不去。

——好運不會一直持續下去。

庫法不由得感覺這簡直就像潛藏在這間學院某處的「黑衣人」，借用老嫗的身影在對庫法低喃一般。

梅莉達・安傑爾

位階：武士

HP	541	MP	59	敏捷力	62
攻擊力	54（46）	防禦力	46		
攻擊支援	0～20%	防禦支援	—		
思念壓力	20%				

主要技能／能力

隱密 Lv2／心眼 Lv1／抗咒 Lv1／幻刀二鑑・嵐牙／始傳拔刀・羽斬

愛麗絲・安傑爾

位階：聖騎士

HP	1180	MP	125	敏捷力	104
攻擊力	104	防禦力	118		
攻擊支援	0～25%	防禦支援	0～50%		
思念壓力	10%				

主要技能／能力

祝福 Lv2／威光 Lv1／增幅爐 Lv1／節能 Lv1／抗咒 Lv2／神聖起源／椴樹旋風／遺跡守護者

LESSON：Ⅵ
～倘若此處是天空，妳便是明月～

LESSON：Ⅵ　～倘若此處是天空，妳便是明月～

十月的第一週，第七天。

與姊妹校的交流會也到了最後階段，隱約有種哀傷的氛圍籠罩著聖弗立戴斯威德女子學院。所有女學生都想要珍惜每個片刻，浮現出看似焦急又依依不捨的表情。

假日也是，幾乎所有學生都會離開宿舍塔，校舍塔充滿活力。

在最多人來來往往的一樓大廳裡，可以看見庫法與梅莉達的身影。他們在也可稱為選拔戰象徵的巨大玻璃天秤前，確認各個籃子裡的玻璃石份量。

掛著「梅莉達」名字的籃子，跟一個月前相比，變得熱鬧不少。獲得的玻璃石票數，可以透過天秤的數值來確認具體數量。

即將參加最終考驗的梅莉達，目前的得票數是「兩百二十」。

「看來我果然是最不受期待的廢物呢。」

「差距很小不是嗎？並沒有相差到讓人沮喪的地步。」

玻璃石堆得最高的，果然還是琪拉的籃子。雖然她目前在選拔戰中沒什麼出色的表現，但死忠票的人氣仍然非常穩固。她獨占整體約半數的票，莎拉夏、愛麗絲與梅莉達這些二年級生組的得票數則是相差無幾。

話雖如此，但對於第一天只有「六」點的梅莉達而言，這是驚人的成長率。根據在第三場考驗的結果，也能一鼓作氣地提昇名次吧。

庫法提出積極樂觀的見解，梅莉達也立刻回以宛如花朵般燦爛的笑容。

「是的，老師。就算是最後一名，我也會努力奮戰到最後一刻！」

「就是這股氣勢，小姐——……話說回來，那個——」

庫法這麼說道，有些害臊似的將臉往反方向偏。

「在眾目睽睽之下擺出這種姿勢，就算是我也覺得有些難為情……」

「啊……」

梅莉達的臉頰微微泛紅，她總算回首看向自己。

從旁人眼裡看來，會覺得兩人像是「不檢點的情侶」吧。畢竟梅莉達靜靜地摟住庫法的左手，將臉頰貼在他的胸膛上。

儘管露出一臉過意不去的表情，梅莉達仍熱情地與庫法手指交纏。

「對……對不起，老師。我自己也知道這樣很沒規矩，但是……」

梅莉達這麼說道，同時仰望庫法的臉，只見她的眼眸立刻濕潤起來。

「我實在是無法忍耐……啊嗚……」

「不，別這麼說，被依賴這件事本身我也深感光榮，而且——」

那股衝動並不是小姐的錯。

無論有多麼想這麼說，庫法也無法說出口。

大約兩週前，具體而言，是從第二場考驗「被操控的舞蹈會」結束後，梅莉達就一直像這樣黏著庫法。理由很明顯。原因出在第二場考驗時，她服用了一種藥水，提昇與庫法的思念同步率。

庫法所屬的白夜騎兵團不用說，就連安傑爾本家、委託人莫爾德琉卿，甚至是梅莉達本人都不曉得一件事——就是寄宿在梅莉達體內的瑪那並非與生俱來，而是將庫法的瑪那切割出來並分給她的東西。換言之，庫法與梅莉達在瑪那上的連結比任何人都更加強烈，全世界僅僅他們兩人而已。

這時碰上了能更進一步提昇兩人思念同步率的那種藥。現在的梅莉達大概產生了把庫法當成自身一部分的錯覺，因此陷入身體保持距離會非常焦慮的狀態吧。

原因很明顯。但庫法無法對任何人坦白這件事。

因為庫法把瑪那分給梅莉達這件事實，是這世界上不能被任何一個人知道的絕對祕密。梅莉達身為騎士公爵家的人，她的瑪那終究是她本人的東西。她的位階跟庫法同樣

LESSON: VI

～倘若此處是天空，妳便是明月～

是「武士」這件事，為了避免遭到懷疑，現在也還不應該公開。

倘若梅莉達真正的血統——也就是她並未繼承騎士公爵家的血，可能是母親梅莉諾亞・安傑爾的私生女這件事實公諸於世，被派來隱匿這件醜聞的暗殺教師（庫法）也會跟梅莉達一樣小命不保。

話雖如此，但養成學校的女學生們，當然無從得知庫法這種賭上性命的內心糾葛。無論在宿舍，在餐廳，在教室，在假日或其他時間地點，女學生們都會看見絲毫不顧眾人眼光，抱住彼此的主從身影，要說這些喜歡浪漫幻想勝過蛋糕的少女們有什麼反應的話——

此刻正有女學生集團通過這對主從的背後。身為學生會長的克莉絲塔・香頌似乎正在帶領眾多德特立修學生參觀校內。

「各位同學，接著請看擺設在這邊書架上的藏書。這是同時也是本校畢業生的文豪克莉絲・拉特維吉女史，以當時的學院長孫女為模特兒——哎呀。」

白金髮少女忽然發現到庫法與梅莉達手勾著手的身影，她彷彿把兩人當成繪畫還什麼一般，向德特立修學生介紹兩人。

「請看，那位就是傳聞中的庫法・梵皮爾老師。是唯一一位會進出弗立戴斯威德的男性，同時也是著名的殘暴教師，會玩弄少女心。」

「「「請多指教，庫法大人！」」」

「請……請等一下，學生會長！我並沒有玩弄學生的少女心——」

庫法連忙否認，但他現在單手正被稚嫩的一年級生摟著，這樣的姿態毫無說服力吧。德特立修學生陶醉地臉頰泛紅起來。

「用不著害羞也無妨的，老師！」

「經歷第二場考驗，情侶之間的羈絆變得更深厚了呢！」

「兩位當時的身影，簡直就像舞臺劇一般，讓人小鹿亂撞呢！」

克莉絲塔會長看似得意地呵呵笑，撩起白金秀髮。

「結束第三場考驗時，他們兩位究竟會變得多不檢點呢？各位同學，選拔戰又多了一個樂趣呢。」

呀啊！學生們發出歡呼，梅莉達看似害羞地滿臉通紅。她似乎是想維護家庭教師的名譽，拚命挺身而出。

「不……不是那樣的！這是我想這麼做，才會……平常都是在忍耐！」

豈止是德特立修學生，整個大廳裡的少女都發出彷彿要爆炸般的哀號。庫法判斷再這樣下去，當真會顏面掃地，他試圖趁早轉身離開。

「小姐，我們到外面散步吧。盡可能到安靜的地方……」

LESSON VI

～倘若此處是天空，妳便是明月～

「安靜的——他們要去沒有人煙的地方耶！」

「他們要私奔呢！」

已經是不管說什麼，騷動都只會愈來愈大的狀況，因此庫法與梅莉達急忙逃離了校舍塔。興奮的尖叫歡呼聲一直追趕著兩人的背後。

逃到四季花朵同居一室的克萊爾杜溫室後，庫法與梅莉達才總算能喘口氣。兩人面面相覷，不約而同地呵呵笑了起來。

「小姐。妳不覺得最近學院的氣氛變好了嗎？」

「是呀……甚至讓人很捨不得選拔戰就快結束了。」

調整好呼吸的兩人，再次自然地勾起手臂。

彷彿要緊抱住有限的時間一般，兩人緩緩地一步一步踩著石版路前進。梅莉達眺望著五顏六色的花朵，同時忽然低喃道：

「還有，要是能知道為什麼變成由我出場選拔戰……如果能知道『犯人』掉包彩繪玻璃的目的，就沒有什麼會感到不安的事情了。」

「小姐，關於這件事——」

庫法想了一下該如何說明，繼續說道：

「……就交給學院長與學生會的人處理吧。這恐怕不是我們趁空檔思索就能解決的問題。小姐首先必須傾注全力跨越選拔戰最後的考驗，這比什麼都重要。」

「這樣啊。說得也是呢。」

「……對小姐而言，應該有其他最擔心的事情吧？」

梅莉達的手比剛才更用力了些。

彷彿在注視遠方某處一般，她的紅色眼眸瞇細起來。

「……我能在第三場考驗中贏過愛麗嗎？」

「小姐知道自己的能力值屈居下風。為了彌補這點，這一個月來不是累積了許多訓練嗎。請小姐拿出自信。」

儘管庫法這麼鼓勵著梅莉達，但他同時也察覺到自己的話語只有滑落過梅莉達的內心表面。梅莉達真正感到不安的，並不是比賽的勝負。

她自己也明白這一點吧。梅莉達搖了搖頭。

「我想我真正害怕的，是在比賽結束之後，我跟愛麗的關係會變成什麼樣子。」

「小姐……」

「老師曾聽我說過，我和愛麗絲從幾年前開始，一直絕交到最近的事情吧？」

庫法微微點了點頭。梅莉達緊抓住庫法強壯的手臂，繼續說道：

「以前的愛麗是非常愛撒嬌的孩子。她總是抱著我的背後不放呢。明明是同年紀，

LESSON VI

～倘若此處是天空，妳便是明月～

但對我而言，愛麗是個嬌小可愛的妹妹……後來我們一直分開生活，所以我現在一定也依舊認為她是比我柔弱的女孩。明明在我們分離的期間，她也成長了不少才對。」

是因為這樣嗎？梅莉達這麼說道，她的聲音微弱得彷彿要消失一般。

「她是不喜歡我這樣嗎，不喜歡身為廢物的我擺出姊姊的態度。愛麗絲已經不是我的妹妹了。畢竟別說是我，在一年級生當中，她可是最厲害的模範生呢。既然如此，或許應該按照奧賽蘿女士所說，認清自己的立場與愛麗往來……」

「小姐。」

庫法停下腳步，在梅莉達身旁跪下。他以自己的眼神承受梅莉達在說話的同時漸漸低下的視線。

「我認為小姐需要的，並不是認清自己的身分。」

「咦……？」

「還有愛麗絲小姐需要的是更積極地把話說出來。在我跟蘿賽蒂小姐的眼裡看，她還是個很愛撒嬌的孩子。她是在跟小姐撒嬌，認為小姐明白她根本沒說出口的話喔。」

周圍沒有任何人在，所以還好，假如這番發言被騎士公爵家的人聽見，庫法的人頭可能會落地。梅莉達驚訝地瞠大了眼，庫法趁這時繼續說道：

「這是個好機會。小姐，在第三場考驗對上愛麗絲小姐時，請妳們盡量溝通，直到彼此都能接受為止。那裡沒有嘮哩嘮叨的奧賽蘿女士。我跟蘿賽蒂小姐也只會從遠方守護著妳們。還有最重要的是——小姐絲毫沒必要擔心妳們的關係會破裂喔。」

「為……為什麼老師能這麼斷言呢？」

「小姐喜歡愛麗絲小姐嗎？」

庫法反問梅莉達。聽到這出乎意料的問題，梅莉達的表情嚴肅了起來。

唯有這件事，蘊含著無論如何都不會動搖的堅定思念。

「……最喜歡了！」

「彼此喜歡的人會進展得很順利，就像我跟小姐一樣。」

庫法淺淺地微笑，站起身來。

風吹過較低的位置，晃動梅莉達的裙子。彷彿要遠離寒冷一般，金髮美少女輕輕將臉頰湊近青年的軍服。

「……謝謝你。老師真的是老師呢。」

這話是什麼意思呢？庫法一邊苦笑，同時以優雅的眼神詢問：

「擔心的事情已經不要緊了嗎？」

「是的，託老師的福！」

看到梅莉達燦爛的笑容，庫法的內心也明亮起來。

LESSON: VI
～倘若此處是天空，妳便是明月～

彩繪玻璃的事情暫且保留吧。關於梅莉達與愛麗絲的不和，之後也是由當事者們設法去處理的問題吧。只要能跨越接下來的第三場考驗，漫長的月光女神選拔戰也將劃上句點，聖弗立戴斯威德女子學院長達一個月的「鎖城」也會解除。

現在已經沒有任何會讓梅莉達感到不安的事物了。

——所以之後是自己的問題。

就連梅莉達也不例外，幾乎所有留宿在這間學院的人都不曉得的問題根源。庫法必須跟那個白夜騎兵團派來的黑衣特工布拉克・馬迪雅做個了結才行。

決定一切命運的時刻，正一分一秒逼近。

「終於就是明天了呢……」

十月的第一週，第七天——

庫法凝視即將到來的命運交岔路口，這麼低喃了。

† † †

那一天，就某種意義來說，葛拉斯蒙德宮籠罩在異樣的氛圍中。

金碧輝煌的玻璃宮殿沒有半個人影。明明如此，包圍宮殿的「廢校舍」高牆上，卻架設著觀眾席，今晚，選拔戰最盛大的活動即將開幕，擠滿觀眾席的女學生們正殷殷期盼著那一瞬間的到來。

其中一角。觀眾席呈階梯狀，在基底部分可以看到庫法穿著軍服，腰上佩戴著愛用的黑刀。即將面對與強敵的死鬥而繃緊的神經，正敏感地壓迫著周圍的空間。但所幸有些陰暗的那個地方，並沒有女學生的身影。

唯一跟在他身旁的少女伙伴，看似不滿地甩了甩紅髮。

「我還是無法接受耶。」

「拜託妳了，這一點請勉強讓步吧，蘿賽蒂小姐。」

看到眼前即將赴戰場的庫法，蘿賽蒂不滿地鼓起臉頰。

「為什麼你總是這樣，老想要單獨行動呀。你要跟那個叫布拉克．馬迪雅的傢伙做個了結對吧。你已經推測到那傢伙人在哪裡了吧！既然這樣，也帶我去嘛。這次我一定不會變成絆腳石的！」

「我信賴妳的實力，但不是這個問題，那個……──」

庫法話說到一半，曖昧地閉上了嘴。

庫法確實已經推測到布拉克．馬迪雅的真面目。這一個月來，不自然地跟梅莉達接觸的人物，除了「她」沒有別人。如果庫法推測錯誤，就更令人好奇那個少女究竟是什

LESSON Ⅵ

～倘若此處是天空，妳便是明月～

麼人，又是以什麼為目的——

儘管好幾次這麼說服自己，但還是有種無論如何都不會消失，宛如荊棘般的異樣感讓庫法遲遲無法做出決定。

「……正因為我信賴蘿賽蒂小姐，才會這麼做。我總有一種揮之不去的不祥預感。」

就在蘿賽蒂對庫法曖昧的說法感到疑惑時，布拉曼傑學院長宛如小提琴般的聲音從頭上的觀眾席傳來。

「各位同學，請安靜！請安靜！長達一個月的第五十屆月光女神選拔戰，終於也到了最後一場考驗。第三場考驗『奇蹟之城』即將開幕！」

女學生們的歡呼聲響徹雲霄。周圍的基底嘎吱作響地抖動著。

大概是學院長高舉了手指吧。像平常那樣間隔一會兒後，觀眾席安靜下來。

「就如同事前發表的一樣，第三場考驗是所有小組一起爭奪分數的大混戰。我們在此重新確認考驗的概要吧。」

學院長啪一聲敲響手指，只見葛拉斯蒙德宮的外觀整個轉變。原本帶青色的色彩消失無蹤，透明度一口氣增高了。變得能清楚看透宮殿內部的情況，對四處徘徊的玻璃寵物們的舉動，也能瞭若指掌。

伴隨著女學生們驚訝的聲音，學院長繼續說明：

「就像這樣，進行第三場考驗的期間，葛拉斯蒙德宮會變成這種特別的設計。從外面可以仔細看透裡面的情況，但從裡面還是跟平常一樣，無法得知牆壁對面的光景。如此就能公平地進行比賽，同時我們也能從外面詳細掌握候補生們戰鬥的模樣——就是這麼回事。」

這時，可以透過氣息感受到學院長在用視線尋找不見人影的庫法與蘿賽蒂。這種設計大概不光是為了觀戰的女學生們，同時也是顧慮到庫法等人要監督梅莉達與愛麗絲的安全吧。

學院長環顧了觀眾席一圈後，再次拉高音量說道：

「比賽是四個小組一起上場的大混戰。所有人互相爭奪別在各個成員胸前的勳章，限制時間結束後，維持最多分數的小組將獲得勝利。直接的攻擊、間接的妨礙——在第三場考驗中，為了得到勳章，會使用各種手段吧。心臟不好的學生請多加留意！」

學院長的聲音蘊含著熱度，她像是在演戲一般張開雙手。

「而且在宮殿裡，玻璃寵物們的妨礙將會阻擋候補生的去路。在這次的選拔戰中是格外嚴苛的考驗。梅莉達同學小組的出發地點是正門，愛麗絲同學是後門，琪拉同學是地下保管庫，莎拉夏同學則是從頂樓的服裝室開始行動。等所有小組成員各就各位後，便開始本次考驗！」

LESSON: Ⅵ ～倘若此處是天空，妳便是明月～

比賽開始前的緊張感讓觀眾席再次沸騰起來。庫法在頭上感覺到那陣騷動，同時轉身背對著伙伴。

「那麼，蘿賽蒂小姐，請妳仔細地在旁觀看姊妹吵架的結局。如果發生了意外狀況，小姐們就麻煩妳了。」

「好是好啦……你也要多加小心喔，我說真的。」

庫法舉起手回應像機關槍似的蓋過來的聲音，消失到黑暗的深處。

在家庭教師們悄悄商議時，葛拉斯蒙德宮的正門前可以看見梅莉達全身穿上演武裝束的身影。她幾乎是一動也不動，拎著比賽用的刀，目不轉睛地凝視正面的大門。

或者是更前方——她說不定正假想著應該在宮殿反方向待命的銀髮堂姊妹的身影。

旁邊還能看到三年級的前任月光女神，神華・茲維托克的身影。到目前為止，她一直在選拔戰中貫徹輔助角色，如今總算能觀賞她直接上場的英姿，她的眾多粉絲在觀眾席上興奮不已。還有集團拿著親手製作的旗子，神華對她們揮了揮手，便收到喧囂的歡呼聲。

表情僵硬的一年級生，與優雅的三年級生。此刻有另一名一年級生到達了形成對比的她們身邊。是將栗色捲髮綁成雙馬尾的涅爾娃・馬爾堤呂。

「對不起，讓妳們久等了。」

「妳好慢喔，涅爾娃。」

梅莉達的視線依然盯著大門，這麼說道。涅爾娃窺探著那樣的她的臉。

「……妳在緊張嗎？」

梅莉達的肩膀抽動了一下，回頭看涅爾娃。

「怎……怎麼可能。」

「那就好。」

神華「咳哼」一聲，清了清喉嚨，讓學妹們的視線集中到她身上。

「人都到齊了呢。最後再一次確認作戰吧。」

涅爾娃堅定地，梅莉達則是僵硬地點了點頭。神華也點頭回應，繼續說道：

「我們的作戰方針是這樣——我們放棄分數，致力於展現梅莉達學妹與愛麗絲學妹的單挑。也就是不求在比賽中勝利，而是對學生們展現作為月光女神的品格。為此把其他候補生和玻璃寵物支開，設置兩人決鬥的舞臺，就是我們的任務喔，涅爾娃學妹。」

神華對涅爾娃使了個眼色後，接著注視表情依舊僵硬的梅莉達。

「……我看了能力值表，愛麗絲學妹是個強敵喔。老實說，我並不曉得最後會是誰輸誰贏。但是妳——和庫法老師認為有勝算對吧？」

LESSON: VI

~倘若此處是天空，妳便是明月~

對於這個問題，梅莉達斬釘截鐵地點了點頭。

神華也閉上雙眼，緩緩點頭回應。

「既然如此，我就照你們的意思行動吧。」

就在這時，布拉曼傑學院長的聲音從觀眾席那邊傳了過來。看來似乎是所有小組成員都已各就各位，準備好要開始進行考驗了。

「很好！候補生們請多加小心，觀戰的各位同學請拭目以待。第三場考驗『奇蹟之城』，現在正式開始！梅莉達同學、愛麗絲同學、琪拉同學、莎拉夏同學，妳們準備好了吧——那麼，比賽開始！」

驚人的歡呼聲遍布地面，凜然地撼動了梅莉達的腳邊與葛拉斯蒙德宮。

神華將手繞到腰上，高聲拔出劍士位階的長劍。

「我們上吧，愛麗絲學妹在等著呢！」

「「是！」」

涅爾娃拔出鬥士位階的鎚矛，梅莉達也同時拔出武士位階的刀。三人手持武器，奔向金碧輝煌的宮殿。

慎重地在大廳內前進幾步後，莊嚴的聲音從背後響起來。

三人不禁回頭看，只見巨大的正門關閉了起來。兩隻女武神坐鎮在門前，高高地交

叉起玻璃劍。幾道光芒彷彿要爬過門扉的接合處，一閃而過。

『今晚除了候補生等十二名人物，不准任何人進入宮殿！』

『而且也不容許退出宮殿！退路已經封閉起來了。前進吧，少女們啊！』

梅莉達回想起首次造訪這座宮殿時聽說的，她們是正門「鑰匙」的事情。某人光滑的手搭到梅莉達不禁緊繃起來的肩膀上。

「我們原本就不打算回頭了。」

神華大膽無畏地瞪了女武神一眼，轉身離開。在她可靠的雙手帶領下，梅莉達也朝著宮殿深處再度邁出步伐。

「學……學姊，妳認為愛麗她們會採取怎樣的路線進軍呢？」

「包在我身上，我已經跟庫法老師討論過幾種方案了。妳先盡量保留體力(HP)與瑪那(MP)。涅爾娃學妹，就拜託妳保護梅莉達學妹嘍。」

神華一邊明確地下達指示，同時踏上通往二樓的樓梯。她沒有一絲迷惘的腳步，讓梅莉達與涅爾娃互相對望並點了點頭後，也跟在她後面。

不可思議的是，三人一踏入宮殿裡，就完全聽不見觀眾席發出的聲援。牆壁對面的情況也是，雖說牆壁全部是玻璃製，卻變得無法完全看透。這種設計就跟學院長說的一樣。

LESSON VI

～倘若此處是天空，妳便是明月～

儘管如此，從宮殿外面應當還是能清楚掌握候補生的一舉手一投足。三百人以上的眼睛觀看著所有小組的比賽過程。

梅莉達心愛的那名青年家庭教師，他的視線也摻雜在這當中。不能展現愧對他的戰鬥。

『希望小姐可以為了我的名譽，讓這個會場裡所有的觀眾都知道，我的指導並沒有錯誤。』

梅莉達想起公開賽那天，庫法在競技場休息室對自己說的話。當時的梅莉達把體力和瑪那都絞盡到極限，將庫法傳授給自己的智慧與技能活用到最大限度，非常拚命才從與自己同等的涅爾娃手中艱辛地奪得一勝。

就在同一天，愛麗絲從更遙遠的高處飛越梅莉達的通過點，豈止是同校學生，甚至獲得所有來訪者的熱烈喝采。在第三場比賽與她的小組對戰時，梅莉達甚至無法直接與她展開激戰。

那時被迫切身感受到與堂姊妹之間壓倒性的實力差距——

沒想到必須彌補那實力差距的日子，居然這麼快就到了。狀況與那時不同。不過，這是一場不能輸的戰鬥，就這層意義來說，重量是一樣的。梅莉達為了敬愛的家庭教師的名譽，而且也為了自己本身的尊嚴，必須獲得勝利才行。

對那個以絕對強者的身分，君臨校園的愛麗絲·安傑爾——

「停住！」

忽然傳來裂帛般的聲音，把梅莉達的意識拉回現實。神華的手臂銳利地高舉到眼前的同時，無數子彈射穿前方的空間。

梅莉達等人躲到走廊的轉角。子彈斷斷續續地跳起，削掉玻璃牆壁。對方小組中似乎有遠距離攻擊位階的槍手。

「賓果……是普莉絲學妹！愛麗絲學妹和黛西學妹似乎也在那邊。」

神華從牆壁邊謹慎地探出頭，確認接觸到的敵人小組。

「——嗚！」

就在這時候。待在梅莉達身旁的涅爾娃，突然轉頭看向後方。

位於集團背後的「第四人」抽動了一下，僵硬住身體。她是何時接近的呢？敵人經過別的轉角，從梅莉達等人經過的通路現身。高舉法杖的弗立戴斯威德二年級生，名叫黛西·朱恩。

「咕！」

明知奇襲已經失敗，她仍氣勢猛烈地揮下法杖。涅爾娃在法杖擊中前揮起鎚矛迎戰。金屬聲響與火花擴散開來。

LESSON: VI

～倘若此處是天空，妳便是明月～

神華露出宛如女演員般的驚訝表情。

「夾擊？那麼，愛麗絲學妹她……！」

就在神華倒抽一口氣時，梅莉達注意到了。

在前方的十字路口是從左橫越到右的子彈暴雨，而在穿過子彈雨前方的正面大樓梯上，宛如雪一般冰冷的視線注視著這邊。

吹散著白銀瑪那的愛麗絲．安傑爾，宛如冰雪女王一般俯視梅莉達。

「……愛麗！」

梅莉達不知不覺地用力握緊手中的刀柄。神華看向在後方激烈對峙的涅爾娃與黛西，還有不斷閃起槍口焰的轉角對面，然後她仰望占領正面大樓梯的愛麗絲身影，用力咬緊了嘴脣。

「梅莉達學妹，在這裡繼續戰鬥，對我們是壓倒性的不利喔。妳先走吧！」

「咦，可是……」

「別管那麼多了！黛西學妹她們就交給我和涅爾娃學妹應付。我們也會在這裡絆住莎拉夏學妹和琪拉學妹她們，妳去跟愛麗絲學妹做個了結吧！」

神華以強烈的眼光這麼說道後，便從轉角衝了出去。幾顆槍彈橫跨通道後，突然停止了。可以聽見幾次武器互相撞擊的激烈聲響。

梅莉達有些迷惘地轉頭看向後方。二年級的黛西與涅爾娃依舊激烈對峙著。從這邊看不見涅爾娃的表情。

相對的，推壓長杖的黛西一臉嘲諷地揚起嘴角。

「我不會礙事的，畢竟我們也希望一對一嘛。」

「……唔！」

梅莉達咬緊嘴唇。涅爾娃果然還是背對著梅莉達，什麼也沒說。她連說話的餘力也沒有吧。雖然很想現在立刻過去助陣，但就如同神華所說的，在與愛麗絲對上前，梅莉達不應該消耗ＨＰ和ＭＰ。

在猶豫幾秒後，梅莉達迅速回頭，前往大樓梯。既然如此，只能盡快打倒愛麗絲，完成梅莉達等人的目的。涅爾娃面對二年級的黛西，能撐到什麼地步，就是附加給梅莉達的時間限制。

「愛麗！一決勝負吧！」

「…………」

梅莉達一邊握緊刀，同時奔上樓梯。但不曉得是怎麼回事，愛麗絲忽然轉過身，飛奔到通路的反方向。

她是想移動到更寬廣的場地嗎？儘管感到焦躁，梅莉達仍追蹤著她的銀髮。橫越漫長的通道，穿過盡頭的門扉，好幾次經由樓梯從廣闊宮殿的樓上到樓下，然後又到了樓上——

「等等，愛麗，妳適可而止吧！妳打算逃到哪裡？」

「…………」

堂姊妹的追逐戰最終甚至到達宮殿的最深處。一推開格外巨大的玻璃雙門，只見門後是葛拉斯蒙德宮的寶座之間。

玻璃打造的狹長大廳，以及眾多支撐高大天花板的粗壯柱子。紅色的玻璃地板直線延伸下去，銀髮少女背對著這邊，佇立在途中。

前方已經無路可逃。

梅莉達將刀擺在下段，以滑步慎重地縮短距離。

「來吧，妳已經逃不掉了。跟我一決勝負！」

「…………」

愛麗絲緩緩轉過頭來，以冰雪般的眼神貫穿梅莉達。

幾秒鐘的靜寂——

輝煌火焰從梅莉達全身噴射出來，隨後玻璃在她腳邊爆裂。

「啊啊！」

梅莉達凜然地散發氣勢，同時宛如弓箭一般突擊。她讓刀尖從下段彈起。在刀尖彷彿要被吸入頸項的前一刻，愛麗絲的左手朦朧一閃。

愛麗絲以讓人屏息的流暢動作拔出長劍，迎戰梅莉達的刀。在兩人眼前衝撞的刀身迸出炫目的火花。雙方的瑪那壓力讓空間嘎吱作響。

第一招被擋住的梅莉達，接連著揮出原本往後方拉緊的左手。左手心握著的刀鞘劃破空氣。愛麗絲瞬間轉動全身，將刀身與刀鞘連同梅莉達的身體撞飛。

「還沒……還沒完！」

梅莉達勇敢地往前踏步，使出一氣呵成的連續攻擊。她不停揮落右手的刀與左手的鞘，對愛麗絲發動猛攻。面對沒有片刻中斷的劍擊亂舞，看起來就連「聖騎士」也被迫採取防禦戰。

梅莉達的全身彷彿在跳舞般地轉動，還有追隨在後的刀之軌跡。瞬間輝煌閃耀，化為衝向敵人的流星。慢一步飛舞散落的黃金火焰，狂暴且高貴地替空間增添了色彩。

愛麗絲的雙手彷彿朦朧幻影一般激烈揮動，不斷彈開橫行無阻地襲來的所有劍閃。像是要灼燒眼睛的火花飛濺在兩人周圍。梅莉達揮刀，愛麗絲甩開。梅莉達擊出刀鞘，愛麗絲將之敲落。雙方同時右手往後收緊，宛如照鏡子一般解放開來。

刀與長劍激烈衝撞，在驚人的風壓擴散出去的同時，腳邊的玻璃呈放射狀碎裂。劈

LESSON VI

～倘若此處是天空，妳便是明月～

哩——！響起彷彿劈開空間本身一般的破碎聲。

「………」

兩人就這樣武器相撞，愛麗絲依然面無表情，始終一言不發。將激烈的感情寄託在刀上的梅莉達則是從極近距離嘶吼，與愛麗絲形成對比。

「愛麗！妳要是有什麼想說的話，就清清楚楚地講出來！」

梅莉達更用力地推擠著刀。愛麗絲沒有抵抗那力道，退後了一步。

她接著「呼……」了一聲，發出大失所望般的嘆息。

「莉塔真弱呢。」

「咦……？」

隨後，非以往所能比擬的純粹火焰從愛麗絲的全身噴射出來。

火焰從手心氣勢猛烈地爬上刀身，在與刀的接觸面「啪！」一聲地迸出激烈閃光。

光是那股壓力，就讓梅莉達被撞飛到遙遠的後方。

「什……！」

梅莉達勉強調整好姿勢著地，但堂姊妹從前方噴過來的瑪那壓力讓梅莉達為之戰慄。那不是上學期的公開賽時所能比較的。難道愛麗絲無論是在以前的比賽，還有現在都完全沒有拿出真本事嗎？

「莉塔覺得我為什麼會在第一學期的公開賽中，避免與妳戰鬥？」

愛麗絲突然這麼詢問。梅莉達無法立刻回答。

「咦……咦……？」

「莉塔覺得我現在為什麼不跟妳戰鬥，而是逃到這種地方來？」

愛麗絲緩緩舉起劍。

在踏向前方的同時，揮落長劍。

響起壯烈的斬擊聲響，長劍將腳邊的玻璃地板劈開成一直線。龜裂的前端甚至到達相隔幾公尺的梅莉達腳邊。餘波粗暴地吹起金髮。

愛麗絲看著眼前說不出話的梅莉達，開口說道了：

「那是因為我——不想知道莉塔比我弱這種事！」

玻璃地板爆裂。大小碎片盛大地飛舞起來，還無暇被碎片吸引目光，銀髮少女便逼近眼前。梅莉達反射性地閃往右邊。隨後揮落下來的長劍割破梅莉達演武裝束的下襬，刺向地板。

不，並非刺向地板。

而是粉碎並貫穿，光是蘊含在長劍上的瑪那壓力，便讓地板爆裂開來。又有龜裂朝四面八方擴散好幾公尺，在千鈞一髮之際避開直擊的梅莉達目瞪口呆地注視那光景。

LESSON: VI

～倘若此處是天空，妳便是明月～

——能力值相差太多了……！

愛麗絲更使勁地握住貫穿地板的長劍。她在拔起長劍的同時又一記橫掃。梅莉達立刻交叉刀與鞘，盡量將能夠控制的瑪那加壓到武器上。

白銀劍閃與黃金十字架激烈衝撞，震耳欲聾般的雷鳴穿破大廳。

「咕……嗚……！」

儘管維持激烈對峙，但彷彿隨時會被撞飛的當然是梅莉達這邊。另一邊的愛麗絲看起來只是隨意地推動手臂而已。她眺望著堂姊妹拚命站穩的模樣，像在忍住眼淚一般扭曲了表情。

「……我不想和莉塔處於對等的立場。我想要待在莉塔的『底下』。」

「咦……這話是什麼意思……！」

「莉塔，我呀，實在是受不了要站在『最前面』這種事！」

她伴隨著語尾使勁握住長劍，將梅莉達往後方撞飛。梅莉達踉蹌退後了幾步，愛麗絲輕易地走近梅莉達身旁。那幾乎連劍術的動作都稱不上。她就像拿著玩具劍的小孩一般，使出有絕大威力的斬擊。

「我討厭引人注目，討厭受人矚目，討厭必須做出那種行為的自己，討厭得不得了！我想要當『第二名』！我想要跟在閃耀發亮的某人後面——我想跟在莉塔身後，被莉塔照耀著！像以前那樣！」

互相撞擊的刀身迸出驚人的純粹火焰，讓梅莉達整個人重心不穩。她為了避免被一擊砍倒，已經分身乏術。愛麗絲還是以快哭出來的表情，俯視渺小戰士那樣的身影。

梅莉達凜然地瞪著堂姊妹，開口反駁：

「……正如我所願！既然這樣，就照妳想的去做啊！」

「可是莉塔比我弱不是嗎！」

愛麗絲將長劍往左右揮砍。梅莉達不禁往後跳，愛麗絲看準這點，長劍的尖端揮向上段。

「『神聖起源（Divine Rise）』！」

純粹火焰噴射得更高，仰望那火焰的梅莉達驚訝地瞠大了眼。她瞬間壓低重心，收回鞘裡的刀發出「叮」的聲響。

「『始傳——』」

不過，有一瞬間沒趕上。愛麗絲的攻擊技能先一步發出咆哮，強烈擊中玻璃地板。雖然沒有直接命中，但金髮美少女的身影伴隨被割碎的玻璃碎片一起被吹飛到空中。

「——呀嗚！」

沒能做出護身倒法便衝撞上地板，梅莉達滾落到寶座後方。

LESSON: VI
～倘若此處是天空，妳便是明月～

愛麗絲俯視根本比不上自己的對手，彷彿在感嘆似的蹙起眉頭。

「……為什麼莉塔變得這麼弱呢！為什麼妳一直不肯成為『能力者』呢！為什麼妳直到最近都一直在逃避我呢？」

「那是因為……！」

「為什麼莉塔是廢物呢！為什麼會被稱為『無能才女』呢！為什麼妳被壞心眼的女孩們嘲笑，也只是笑著敷衍過去，完全不還以顏色呢？莉塔明明是我憧憬的大姊姊……別讓我看到妳那麼沒出息的樣子嘛！」

轟！驚人的純粹火焰噴射出來。愛麗絲激動地揮起長劍，氣勢洶洶地發動猛攻。梅莉達在千鈞一髮之際翻滾到後方，避開直擊。

她採取護身倒法勉強跳了起來，大口喘氣。

「這樣啊……我以為覺得羞恥的是我，但愛麗也一樣懷抱著悲慘的心情呢……」

「對呀……！因為是莉塔的事……我就好像自己的事情一樣覺得好難為情……！」

所以——她像是硬擠出來一般，從喉嚨發出聲音。

「這場選拔戰，我希望莉塔能獲勝。我希望妳能爬到比我更高的地方。但是莉塔很弱……我覺得只能自己主動墮落到下方！」

「這麼說，妳……！」

梅莉達猛然抬起頭，驚訝地睜大了眼。

「妳是自己在泳裝上動手腳的……為了故意降低得票數……？」

「…………」

愛麗絲沒有回答。她依然露出內心被揪緊一般的表情。

──那就跟答案沒兩樣了。梅莉達再次低下了頭。

「我真是笨蛋……根本不曉得自己把愛麗逼到了這種地步……！」

因為自己成了廢物──

因為自己是並非聖騎士的「無能才女」，和愛麗絲的關係變得不對勁了。

既然如此，要重新來過的方法只有一個。

梅莉達擦拭嘴角，緩緩爬了起來。

她用力握住右手的刀，從正面盯著愛麗絲看。

「──愛麗，妳搞錯了一件事。我的確是直到最近，連讓瑪那覺醒都辦不到，被稱為『無能才女』的廢物。但是……妳說**我比妳弱**？自以為是也該有個限度！」

「……嗚！」

愛麗絲咬緊下唇，在拉緊長劍的同時壓低腰部。

「妳明明就比我弱……！」

LESSON VI

～倘若此處是天空，妳便是明月～

她以爆發般的氣勢一蹬地板。梅莉達鑽入下方，迴避愛麗絲速度快到可怕的橫掃。接連又是二閃、三閃。愛麗絲仗著她高強的能力值，片刻不停地揮落劍擊之雨。

看到只能四處逃竄的堂姊妹身影，她一邊高舉長劍，同時宣洩內心的激情。

「我也已經不是小孩子了……我很清楚！我知道自己跟其他人的立場不同！知道自己跟莉塔的能力值差距！無論我多麼討厭引人注目，已經沒有任何人站在我前方……因為我變成了最前面的人！因為莉塔從我前面消失了！我已經無法變回莉塔的妹妹了！」

刀身互相衝撞，梅莉達被狠狠彈回後方。

打起來一點意思也沒有的戰鬥，讓愛麗絲流下空虛的眼淚。

「因為我們是『能力者』，只是感情好是不能待在一起的……！」

隨後，愛麗絲在頭上高舉的長劍，迸出激烈的光芒。

宛如刀刃一般被磨亮的純粹火焰，彷彿要斬斷所有事物，竄向天空。

「『神聖起源』！」

梅莉達立刻反應過來。這次她預料到對方會使出攻擊技能，在愛麗絲吶喊招式名稱的瞬間彎下了腰。她更用力握緊收納在刀鞘裡的刀。

「『始傳拔刀』！」

「沒用的！」

愛麗絲彷彿要擊潰堂姊妹的抵抗般，她將長劍往後收緊，同時縮短兩人間的距離。在她往前踏出的腳邊，玻璃地板「劈哩！」一聲地粉碎散落。

「莉塔是贏不了我的！」

愛麗絲揮動長劍攻擊。銀色光輝從頭頂高處筆直竄向梅莉達的肩膀。灌注在刀身裡的瑪那壓力，化為驚人的衝擊波，劈開空間。

然後，面對逼近眼前，彷彿要劈斷自己的銀色光輝，梅莉達撐到千鈞一髮之際，看清拔刀的時機——就在她猛然瞠大雙眼的瞬間。

與在遠方注視著相同光景的庫法同時吶喊：

「「就是現在！」」

黃金火焰化為流星奔馳。從刀鞘被拔出來的刀，在那一瞬間發揮超越愛麗絲長劍的速度，描繪出與從頭上逼近的銀色劍閃交叉的軌跡——從側面敲向愛麗絲握著刀柄的右手背。

「咦……？」

儘管只有一剎那，在愛麗絲全身僵硬住的瞬間，梅莉達咆哮：

「——『羽斬』！」

更加劇烈的輝煌火焰瘋狂肆虐，她硬是使勁地揮刀。刀身難以承受壓力，爆裂成碎片，同時氣勢猛烈地把長劍從愛麗絲的右手吹飛。

「痛……嗚！」

在這場戰鬥中，愛麗絲首次發出痛苦的聲音。這也難怪。發動攻擊技能時，大半瑪那都集中在武器上，相反地，身體的防禦則薄弱到處於危險狀態。倘若對方的攻擊技能在這種狀態下直接命中——無論能力值有多大的差距，都無法承受彷彿要貫穿骨頭的痛楚。

趁對方感到畏縮的空檔，丟掉刀的梅莉達往前踏步，撲向對方內側。

「妳剛才還真是口無遮攔呢。」

梅莉達舉起氣勢洶洶的右拳。拳頭發出沉重聲響，鑽進愛麗絲的心窩，她忍不住將身體彎成く字形，同時發出「嘎呼……！」的呻吟。

梅莉達能夠清楚想像到，在堂姊妹的腦海中，八成閃過一絲驚嘆。

「「「格鬥？」」」

LESSON: VI

～倘若此處是天空，妳便是明月～

那一瞬間，觀眾席上超過三百人的女學生們騷動起來。她們從剛才開始，焦點就一直鎖定在寶座之間演出激戰的安傑爾姊妹身上。以壓倒性的能力值保持優勢的愛麗絲，武器忽然被吹飛，同時遭到慘痛的反擊。

另一方面，梅莉達則彷彿一直在等待這一刻，她勇敢地縮短距離，進行追擊。俐落的右直拳砸向愛麗絲的臉頰，緊接著膝撞、前踢、二連側踢有節奏地擊中對手。遭受到流竄過全身的痛打，就連愛麗絲也不禁踉蹌了兩三步。

自己的武器不在手邊的狀態下，要如何縮短與對手的距離，又要如何應付對手的攻擊？愛麗絲完全想不到憑赤手空拳拉開間隔的方法。

「如果對手擁有身為聖騎士的壓倒性力量——只要摧毀對手『身為聖騎士』這點就行了。」

庫法現在正走在某個能俯視觀眾席的高處。是沒有任何燈光的樓梯。他一邊不停向上爬，同時觀看著遠處葛拉斯蒙德宮的戰況。

跟剛才一百八十度大轉變，凶猛地發動攻勢的學生身影，讓庫法看似愉快地揚起嘴脣。

「只會固執於位階，便是二流……我家小姐可是全身皆武器喔。」

迴旋踢漂亮地命中側頭部，愛麗絲連架勢都擺不出來，腳步踉蹌。她迫不得已地伸出右拳，也被梅莉達連同手臂抱緊一般捕捉住。

「拉開間隔的方式太不像樣了！」

梅莉達順勢將愛麗絲扔出去，敲向地板。愛麗絲發出「嘎呼！」的呻吟，梅莉達從正上方踩在愛麗絲的心窩上。絲毫沒有手下留情。灌注了瑪那的第二記踢擊，粉碎在愛麗絲背後的玻璃。梅莉達一邊跨坐在她身上，同時握緊右拳。

「……對不起喔，愛麗。」

微弱的懺悔被噴射出來的輝煌火焰抹消。宛如鐵鎚一般揮落的拳頭擊中愛麗絲的胸口，黃金火焰甚至穿破到背後。內臟遭受到激烈衝擊，愛麗絲發出不曉得是第幾次的痛苦哀號。

「咕……嗚嗚！」

愛麗絲抬起雙腳，不顧一切地踹開梅莉達。她彷彿要逃離野獸的孩童一般爬起，朝著滾落在遠處地板的長劍光輝飛奔而出。

庫法俯視她的背影，微微揚起嘴角。

「還有，千萬別忘記……『那個間隔』是武士最擅長的領域！」

「『幻刀二鑑……——』」

在庫法確信勝利的同時，梅莉達發動了第二個攻擊技能。黃金火焰在被磨亮的同

LESSON: VI

～倘若此處是天空，妳便是明月～

時，纏繞到緩緩高舉，沒有持刀的雙手上。

愛麗絲猛然驚覺地轉過頭，同時梅莉達也俐落地踏向前方。

「『嵐牙』！」

在交叉的同時揮出的雙手手心射出了瑪那之刃。瑪那之刃瞬間奔馳過幾公尺的距離，從左右兩邊同時擊中愛麗絲的背後。十字形狀的衝擊從後方一鼓作氣地貫穿愛麗絲，剩餘的火焰飛散到空中。

「嗚……呀啊！」

愛麗絲承受不住，身體前彎地倒落了。

她拚命伸出去的手，還差一公尺才能碰到長劍。

「呼……呼……！」

梅莉達一邊喘氣，同時花費幾秒調整呼吸，走近趴倒在地的愛麗絲。腳步聲傳來，愛麗絲抽動了一下，感到畏懼似的抬起頭。

梅莉達自覺到彼此都是滿身瘡痍，儘管如此，她仍驕傲地挺起胸膛。

「看清楚了，愛麗。我比妳更強！」

「……唔！」

「不管妳是聖騎士，還是全學年第一名，無論妳之後變多強——我無論何時都會比妳更往前一步。」

愛麗絲仰望著金髮堂姊妹，她的表情彷彿找到被遺忘在過去的寶物一般。梅莉達在她面前單膝跪地，輕輕伸手摸向她弄髒的臉頰。

就宛如充滿慈愛的聖騎士一般，梅莉達開口說道：

「所以妳就放心對我撒嬌吧。」

「莉塔……！」

「妳無論如何都厭惡的事情，我會全部幫妳扛下。」

愛麗絲的嘴唇顫抖著，然後扭曲。

原本伸向武器的手心，彷彿被希望之線給拉過去一般朝向前方。看到這一幕的梅莉達，伴隨著包容一切的微笑，張開雙手。

「莉塔……！」

銀髮隨風擺動，淚珠寶石散落。愛麗絲撲向梅莉達的胸口。

「莉塔……！我……一直……一直在等……嗚嗚……！」

「……嗯。妳不用再擔心任何事情。因為我就在這裡。」

梅莉達一直安慰著激動到無法說出完整句子的銀髮堂姊妹。

就宛如以前在森林發現迷路的幼小少女時那樣——

LESSON: VI

～倘若此處是天空，妳便是明月～

見證到姊妹吵架的最後一幕，在遠方的庫法嘴脣上也輕輕刻劃出微笑。

「非常精彩，小姐。這次也勉強『倖存』下去了呢。」

在庫法俯視的前方，觀眾席的女學生們似乎也從這對堂姊妹的交談中受到某些感動，有人拿出手帕擦拭眼淚。在感受性強烈的少女們最前排，也能看見感情朝其他方向爆發的老嫗身影。

瘋狂揮動手腳的不是別人，正是奧賽蘿女士。她一直認為愛麗絲理所當然地會當選月光女神，對那樣的她而言，愛麗絲敗給照理說只不過是墊腳石的梅莉達這件事，就有如世界整個顛倒過來的震撼吧。

「不可能！這不可能！愛麗絲小姐居然會輸給那個『無能才女』！這是絕對！不能發生的事情啊啊啊啊啊！」

倘若拉個騎士公爵家的人來這裡，她的人頭會立刻落地吧。那樣的樂趣就留待下次機會，庫法手拿黑刀，繼續爬上樓梯。

這裡是蓋在「廢校舍」牆壁的一角，監視塔的中間部分。

沿著漫長螺旋梯前進的庫法，爬上通往頂樓的最後一階。

同時，他對著已經先到的客人背後，斬釘截鐵地宣告：

「——將軍（Checkmate）。」

不是在觀眾席，而是在這種沒人煙的地方觀戰的人物，沒有其他人。

從塔上的眺望臺俯瞰葛拉斯蒙德宮的那名少女，聽到庫法的聲音，優雅地轉過頭來。

帶有透明感的黑水晶秀髮，在她背後隨風飄逸。

「哎呀……穿幫了？」

有些調皮似的吐出舌頭，穿著聖德特立修制服的少女這麼說。

LESSON：Ⅶ　～嘲笑的漆黑與隱藏的黑暗～

晚了些到達寶座之間的神華．茲維托克，看到等候在眼前的光景，不快地蹙起眉頭。玻璃地板和柱子被劈開的壯烈決戰痕跡。美麗的金髮與銀髮妖精兩人，在那正中央互相擁抱著。

——不，正確來說，是金髮少女溫柔抱住抽泣的銀髮少女。

至於勝負結果如何……只要對照兩人的模樣，可說再明白不過了。

「神華學姊！」

聽到從背後追趕上來的聲音，神華一邊拔劍，一邊轉過頭去。是高舉法杖的黛西．朱恩，和拿燧發槍對準神華的普莉絲．奧古斯特。她們分別拿起武器，一同攻擊神華高舉的劍。

她們並非在戰鬥，而是假裝在戰鬥，同時以激烈對峙的姿勢進行密談。視線看向寶座之間的黛西，冒著冷汗訴說：

「怎……怎麼辦，學姊！愛麗絲小姐輸了！」

「怎麼會有這種事……那個愛麗絲小姐居然會在一對一的戰鬥中落敗……！」

普莉絲也咬牙切齒。這兩個二年級生向負責教育愛麗絲的奧賽蘿女士要求了某些報酬，作為協助選拔戰的回報。眼裡只看到獎賞的她們，肯定完全沒有考慮到反過來被追究責任的風險。

但神華可不同。

她的目的並非協助愛麗絲，而是**讓梅莉達不引人注目**。萬一演變成梅莉達當選月光女神的局面，不只是在校內，她也會受到附近養成學校的學生們矚目。

必須避免那樣的狀況發生。因為——

假如神華的猜測正確，梅莉達擁有的位階並不是「可以公開的事物」。從觀戰上學期的公開賽那時起，神華就隱約察覺到了。而這一個月陪她進行特訓，令那種異樣感變成了清楚的確信。

儘管具備騎士公爵家安傑爾的本家血統，梅莉達擁有的位階，恐怕並非聖騎士……她的家庭教師庫法．梵皮爾，看來也試圖對周圍隱瞞這件事情。神華也有同感。倘若擔心梅莉達的安危，這種醜聞現在還不應該公開。

因此神華志願當梅莉達的小組成員，**扯她後腿**。在第二場考驗時，神華將梅莉達的戰略透露給對戰對手的琪拉，在這場第三場考驗中，與黛西、普莉絲兩人合作，設下讓

LESSON: VII

～嘲笑的漆黑與隱藏的黑暗～

安傑爾姊妹單挑的舞臺。

神華認為如此一來，梅莉達必定會落敗。得票數會跟著減少，月光女神的寶座將變得遙不可及，以那個堅強學妹的悲傷和懊悔為代價，暫時能守護梅莉達本身的安全——照理說是這樣。

明明如此……

「梅莉達學妹……妳真的是遠遠超乎我預料的努力家呢。」

神華蘊含著複雜的思緒，注視金髮美少女。少女與她的家庭教師庫法，屢次突破了逆境。神華設計的絕境，可能反倒變成提昇梅莉達支持率的結果。

既然如此……神華俯視點綴自己胸口的勳章。她確認具有一分價值的那勳章，對一直驚慌失措的二年級生兩人組，彷彿機關槍似的快速低喃：

「雖然手段有點粗魯，但就這樣發展成混戰吧。我會砍向愛麗絲學妹，妳們就以梅莉達學妹為目標。找機會奪走她的勳章……不，要破壞勳章喔。如此一來，她實際上等於退出這場戰鬥——」

「學姊們。」

就在這時候。

響起稚嫩的聲音，神華與黛西、普莉絲維持互相對峙的姿勢，驚訝地面面相覷。發言的並非她們其中的任何一人。

三人一同轉過頭去，看向聲音的主人。

† † †

稍早前——

包圍著葛拉斯蒙德宮的「廢校舍」牆壁。蓋在其中一角的監視塔。

軍服打扮的青年爬上通往頂樓的樓梯，斬釘截鐵地宣告：

「——將軍。」

被宣告這句話的，是從眺望臺觀賞下方景色的黑髮少女。她穿著聖德特立修女子學園的制服，裙襬隨風搖曳。

少女用感到有趣似的表情轉過頭來，開口說了：

「哎呀……穿幫了？」

「惡作劇就到此為止嘍，淑女。」

「傷腦筋呢。我原本自認為進行得很順利。」

庫法慢慢縮短間隔，同時領悟到自己的異樣感不過是杞人憂天。她幾乎等於是自白

LESSON: Ⅶ

～嘲笑的漆黑與隱藏的黑暗～

了。少女調皮地吐出舌頭，沒有絲毫愧疚之意，但隱約讓全身繃緊神經——是備戰態勢。

庫法將左手放到黑刀刀鞘上，右手貼著刀柄，緩緩拉開雙腳的間隔。

「妳乖乖把收穫交出來，然後撤退即可。否則……」

「會變成什麼樣呢？」

回答是風的低吼。

黑髮少女眨眼間便面朝上地被推倒。幾乎就在同時發出銳利的金屬聲響。以肉眼看不見的速度逼近的庫法，將黑刀刺在石頭地板上。

刀尖將少女原本掛在肩上的皮包釘在地板上。

「……男士還真是強硬的生物呢。」

庫法無視表情依舊從容的少女，從破掉的皮包中露出來的金屬塊讓他蹙起眉頭。用途還是一樣不明。但總覺得——有高級品的氣味。

在只講求實用性的白夜騎兵團裡，曾經目擊到這樣的東西嗎？

「欸，我好像……小鹿亂撞了起來呢。我還是第一次跟男性貼得這麼近。啊，我接下來會被你給予怎樣的懲罰呢？」

被推倒的黑髮少女朝蓋住她身體的庫法伸出手。撫摸脖子的冰冷手心感觸，讓庫法的背後流過一抹冷汗。

「……妳打算持續那種演技到何時？」

「呵呵……我對這種事有一點興趣呢。那麼，你要怎麼做？如果你願意放過我，我會努力替你服務喔。」

「別說笑了。」

庫法在拔出刀的同時，一閃。他擋住從死角逼近的武器。在黑暗中綻放的火花，瞬間照亮用右手揮動武器的少女的微笑。

「哎呀，真可惜。」

少女若無其事地這麼說道，庫法驚訝地瞠大了眼，並非因為少女的技術，而是她手中握的武器。

「大劍……？」

與少女纖細的手臂毫不相稱的厚重大劍。即使是操縱所有下級位階能力的馬迪雅，庫法也不曾見過她使用這種武器的場面。

不祥的預感急速膨脹起來，隨後便發生這樣的事情。

漆黑的瑪那從仰臥的少女全身噴射出來。

然後，庫法這次當真懷疑起自己的眼睛。不是因為少女的瑪那壓力，而是庫法纏繞在刀上的蒼藍火焰（瑪那），從刀身的接觸面一點一點被挖走。

LESSON: VII
～嘲笑的漆黑與隱藏的黑暗～

這是挖走對方的瑪那來吞食的「吸收攻擊」。下級位階的劍士、鬥士、武士、舞巫女、小丑、槍手、魔術師、神官——沒有任何一種位階具備這種卓越的異能。

庫法立刻跳向後方，將刀放在地板上，單膝跪地。

「失……失禮了！請問貴姓大名……？」

「哎呀，你不是知道我的身分，仍對我出手的嗎？」

少女看似意外地坐起身，懶散地伸直雙腳，就這樣坐著鞠躬。

「我的名字是繆爾·拉·摩爾。繼承『魔騎士』位階的三大騎士公爵，拉·摩爾家的女兒。」

「果然是魔騎士……！」

庫法的目標是白夜騎兵團的特工，布拉克·馬迪雅，她的位階是「小丑」。小丑的能力是劣化模仿除了上級位階以外的七種下級位階的異能。

既然如此，無庸置疑地操縱著魔騎士瑪那的這名黑髮少女，在弗立戴斯威德學生加上德特立修學生，共三百人以上的嫌疑犯當中，唯獨她——

肯定不是布拉克·馬迪雅假扮的！

就在那之後，立刻從眺望臺底下響起女學生們裂帛般的哀號。

庫法與黑髮少女繆爾也抬起頭，同時察覺到異狀。葛拉斯蒙德宮應該一直維持著幾乎完全的無色透明，卻突然被不祥的血色包圍。

當然已經無法窺探內部的情況。這也是考驗的一環嗎？這種思考瞬間閃過腦海，但布拉曼傑學院長在觀眾席拉高音量的吶喊聲，立刻將庫法樂觀的意識拉回了現實。

「冷靜一點！大家冷靜點！不可以從座位上站起來！」

原本站著警戒的講師們，也被迫四處奔波，壓制慌張失措的女學生們。發生了什麼意外狀況，是無庸置疑的。

「被擺了一道……！我果然有嚴重的誤會……我先告退了！」

庫法迅速對繆爾行了個禮之後，就這樣拿著出鞘的刀轉身離開。

繆爾沒有阻止，目送庫法宛如風一般衝下螺旋梯的身影。她看來有些愉快地整理因為被粗魯推倒，而有些凌亂的制服與頭髮。

「啊，太好了。我還以為會被殺掉呢。」

少女得意地揚起性感的嘴脣，再一次轉過頭去。

從玻璃宮殿噴射出來的火焰，開始不祥地照亮沒有絲毫光芒的天空。

† † †

LESSON: VII
～嘲笑的漆黑與隱藏的黑暗～

「學姊們。」

神華露出被攻其不備的表情，俯視在寶座之間入口這麼呼喚這邊的學妹。是小組成員之一的涅爾娃・馬爾堤呂。

身為梅莉達同學的她，當然不曉得神華內心懷抱的複雜糾葛。神華思索著該怎麼掩飾，同時漫無目標地開口說道：

「涅爾娃學妹，這裡交給我。對了，妳就負責戒備靠近的玻璃寵物們——」

「妳們很礙事。」

隨後。

才心想涅爾娃的右手如幻影般動了起來，神華的身影便突然消失無蹤。

慢了一瞬間後，從遠方響起轟隆巨響。難以理解眼前發生什麼事情的二年級生兩人組，黛西與普莉絲同時轉頭看向發出聲音的方向。

「嘎……呼……！」

弗立戴斯威德所有學生憧憬的學姊，半個身體埋在玻璃牆壁裡，活生生地吐著血。

她高挑的身體猛然搖晃一下，癱軟無力地倒落在地板上。

「學……學……學姊……？」

「妳做什麼——」

接著發出聲音的黛西與普莉絲，也一起被吹飛到後方。
變成粉屑的勳章從在半空中旋轉飛舞的少女們身上彈飛出來，掉落到地板上。兩人同時被摔向牆壁，衝撞聲重疊起來。梅莉達與愛麗絲也不禁察覺到異常，抬起頭的姊妹們的視線，集中在寶座之間的入口。
「涅爾娃……？」
只見身穿演武裝束，使勁揮落鎚矛的同班同學站在那裡。鐵塊在她手掌前端碎裂散落。看到只剩握柄的武器，她一臉無趣地哼了一聲。
「真脆弱……居然用這種玩具感情融洽地在用功學習，真是笑死人了。」
她扔掉沒用的武器，朝這邊邁出步伐。她華麗地展開並披上原本夾在腋下的暗色軍服。她把兜帽壓低到蓋住眼睛，將手心伸入表情被藏起來的部分，氣勢猛烈地**撕下來**。
看到被扔向地板的膚色「面具(Mask)」，梅莉達大吃一驚，渾身緊張起來。
「妳不是涅爾娃？」
隨後，不祥瑪那從纖細的軍服打扮身上噴射出來。那驚人的壓力足以匹敵梅莉達的老師庫法。吹過來的強風讓姊妹的金髮與銀髮飄逸起來。
冒牌涅爾娃將手心高舉在頭上，接著一鼓作氣地敲向地板。
紅黑色光輝瞬間從她手心擴散出去。在地板上蔓延，遍布牆壁，連天花板也用血色

LESSON: VII

～嘲笑的漆黑與隱藏的黑暗～

蓋住。神祕的玻璃世界眨眼間轉變成惡夢般的光景。

黑色筆記從高高的天花板上輕飄飄地飛落。

『這麼一來，』『就不會』『有人打擾了。』

點綴著這些文字的三張筆記，掠過梅莉達的眼前，接著燃燒掉落。

神祕黑衣人沐浴在從地板照耀上來的血色光輝中，緩緩站了起來。

『我等這一刻，』『等到不耐煩了，』『安傑爾姊妹。』

『我來揭露』『妳抱持的』『他所有的』『祕密。』

黑衣人彷彿滑行似的奔馳起來。她握住左腰的長劍握柄，拔出劍來。

「莉塔！」

愛麗絲在千鈞一髮之際用身體撞向梅莉達，兩人纏繞在一起，在地板上翻滾。銳利的劍閃挖開梅莉達剛才所在的空間。同時響起讓人汗毛直豎的斬擊聲。

敵人握著的是真正的殺人武器。無論銳利度或瑪那傳導率，都跟梅莉達等學生用的模擬劍沒得比。一碰就會砍斷，刺中要害便會死亡吧。

兜帽底下的視線望向這邊。黑色筆記同時緩緩降落到視野範圍內。

『真危險呢。』『別隨便』『亂動。』

『我弄錯』『力道的話，』『會不小心殺掉妳的。』

「妳……妳……妳到底是怎麼一回事呀！」

瘋狂的黑衣人沒有回答，她用左手拔出鬥士位階的鎚矛後，隨意往前踏步並敲落鎚矛。梅莉達與愛麗絲一同跌向後方，隨後，便看到鎚矛刺在玻璃地板上，破碎。灌注在握柄前端的血色瑪那，輝煌地讓地板爆裂開來。

『別害怕，』『我只是想要』『妳的血。』

「什……什麼？」

『即使到了年紀，』『瑪那也沒有覺醒的』『無能才女。』

『事到如今』『卻突然萌芽，』『那個祕密——』

——必須揭露出來才行。

「……嗚！」

沒有聲音也沒有話語的宣告，讓梅莉達的背凍結起來。

記憶的蓋子開啟，與家庭教師的誓言復甦了。關於自己位階的內疚祕密，直到累積出能抵銷那位階的實際功績為止，都不能公開。

梅莉達一屁股跌坐在地，無意識地往後退。

隨後，兩聲槍響在寶座之間響起。

黑衣人俐落地反彈飛來的複數子彈。梅莉達驚訝地抬起頭，在門扉前可以看見琪拉・艾斯帕達架著雙槍的身影。她身旁還有兩名德特立修學生，感覺是她的小組成員。

「哎呀哎呀，又是驚奇演出嗎？這次我抱怨也無所謂了吧！」

勇猛地打響第一砲的琪拉環顧寶座之間的慘狀。三名弗立戴斯威德學生流血倒地，其中還包括上一屆月光女神的身影……德特立修的「王子」蹙起端正的眉毛，凜然地繃緊嘴角。

「看來不是開玩笑的時候——梅莉達・安傑爾！」

梅莉達抖了一下，琪拉大膽無畏地對她揚起嘴角。

「妳退下吧，第二場考驗欠妳的，就在這裡還清！」

「請多加小心，琪拉小姐！那傢伙她——」

「第二隻獵物就是這個黑衣人！要上嘍，各位！」

梅莉達還來不及發出警告，琪拉便宛如敏捷的野獸一般飛奔而出。她的小組成員高聲吶喊鼓舞士氣，從兩側追隨隊長的腳步。

雙手拎著殺人武器的黑衣人，緩緩站了起來。

『我』『要找的』『只有安傑爾。』

『配角』『退出舞臺吧，』『王子。』

隨後，相當於剛才數倍的槍聲撼動了大廳。還無暇顫抖，超越音速飛來的瑪那槍彈，便將手槍從琪拉的雙手上彈開。

「咦……？」

琪拉驚訝地張大了嘴，圓刃立刻穿過她身旁，直擊她舞巫女位階的小組成員，以武器為盾牌的她被吹飛到後方。

黑衣人以肉眼捕捉不到的速度，從左手投擲了圓月輪。她接著抬起的右手手心中，握著魔術師位階的長杖。

前端閃爍，迸出魔彈。幾乎就在同時，這次從左後方傳來同學的哀號。

全身被射穿的魔術師小組成員，膝蓋一軟，倒落在地。所幸似乎沒有嚴重到流血的傷口，但這並非那種程度的問題。

「王子」的膝蓋宛如小鹿一般顫抖著，眼睛看不見的壓力讓她一屁股跌坐在地上。

「什……這這……這傢伙是怎麼回事啊……！」

令人震驚的不只是那壓倒性的能力值。跟琪拉同樣槍手位階的左輪手槍，還有小組成員使用的圓月輪與長杖，敵人靈活地輪流使用這些武器，從正面踐踏粉碎她們的自尊。

神祕黑衣人悠哉地踏出腳，她的腳尖叮一聲地踢飛某樣東西。

是月光女神選拔戰第三場考驗的爭奪目標——勳章。勳章從琪拉的兩名小組成員胸

LESSON: VII

～嘲笑的漆黑與隱藏的黑暗～

前被吹飛，滾落到她腳邊。

黑衣人在琪拉眼前，像是要讓她感到焦急似的抬起腳，踩碎了勳章。

『我來』『替妳』『烙下』『絕望的烙印。』

「噫……！」

琪拉嚇得說不出話，這時，一陣高貴的風奔馳到眼前。

「啊——！」

是上一屆的月光女神神華・茲維托克。她伴隨裂帛般的氣勢猛揮長劍，與黑衣人高舉的鎚矛激烈衝撞。她靠蠻力反彈回去。伴隨著像在跳舞一般舞動的捲髮，飛濺的鮮血拍打琪拉的臉頰。

她早已身受重傷。她一邊用劍支撐著身體，同時朝後方大聲喊道：

「梅莉達學妹！敵人的目標是妳吧？」

「——嗚！」

在遠處看著的梅莉達，猛然倒抽了一口氣。身旁的堂姊妹看向了她。

上屆月光女神的強烈視線射穿了學妹。

「**快掉頭！**」

神華這麼說道，並擋住黑衣人的去路。在琪拉還難以推測她們的意圖時，梅莉達與

愛麗絲互相點了點頭，從寶座之間飛奔離開。

『我都選了』『這麼』『強硬的』『手段，』

『不會讓妳』『逃到』『任何地方的。』

黑衣人纏繞著燃燒掉落的筆記，同時踏出腳步。神華立刻舉起劍尖，但她已經連站著都是極限了。鮮血從她手上滴落，她不停微微顫抖著。

黑衣人輕輕揮開敵人的劍，接著突然使出銳利的迴旋踢。側頭部遭到一踢，神華・茲維托克被吹飛到玻璃地板上。

黑衣人瞥了她一眼，已經連琪拉的存在都不放在心上，移開視線。

『必須』『在他』『登場前』『做個了結。』

無法理解意義的筆記，在琪拉眼前「啵」一聲地燃燒掉落時，黑衣人已經改去追蹤安傑爾姊妹了。黑影眨眼間便從大門飛奔離開。

一個人被留下來的琪拉，茫然地環顧倒臥在寶座之間的少女們。

「今年的選拔戰真的是……到底是怎麼一回事啊！」

她不禁這麼咒罵，候補生的勳章在她胸前空虛地發出亮光。

「她追上來了嗎？」

梅莉達一邊盡全力奔馳在玻璃走廊上，同時這麼大喊。以同樣速度追隨著她，同時拎著長劍的愛麗絲稍微轉頭看向後方。

「沒有追來。說不定是甩開她了。」

「一定是學姊們幫忙絆住她了！趁現在一鼓作氣——」

隨後，突然有個人影從轉角冒出來，讓梅莉達驚嚇得心臟跳了起來。

「「哇！」」

雙方發出一模一樣的哀號，在差點正面撞上前，彼此都煞住腳步。

對方是梅莉達非常眼熟，綁著栗色螺旋雙馬尾的同班同學。

「涅爾娃！……妳是本人？」

「我是本人呀，真沒禮貌！我在休息室突然遭到奇怪的傢伙襲擊！」

一看之下，她甚至不是穿演武裝束，而是平常的制服打扮。她彷彿依靠一般握住愛用的鎚矛，感到作嘔似的環顧葛拉斯蒙德宮整個變樣的光景。

「一醒來就變成這樣，就算想問是怎麼回事，玻璃寵物們又會襲擊過來，真的是衰透了……現在究竟變成什麼狀況，話說考驗呢？」

「抱歉，該說現在沒空說明嗎？總之已經不是那種時候了。」

「莉塔！」

愛麗絲一這麼吶喊，便突然推倒梅莉達與涅爾娃。

隨後，走廊的牆壁爆裂了。

震耳欲聾的尖銳玻璃破碎聲響徹周圍。凶狠的黑衣人從牆上開的大洞踢出礙事的碎片，若無其事地在梅莉達等人面前現身。

『哎呀，』『朋友』『增加了呢。』

『我會』『把妳們』『一起擊潰。』

這麼寫著的筆記一進入視野，梅莉達便拉起同班同學。

「快跑！」

三名女學生拔腿奔向與襲擊者相反的方向。涅爾娃露出快哭的表情，她瘋狂揮動手腳，同時大聲尖叫：

「真想痛打之前志願當小組成員的我自己！」

黑衣人馬迪雅並沒有激動地試圖追趕上來。簡直像在說沒必要那麼做一般，充分與獵物拉開距離後，她才總算一蹬地板。

『我要讓妳們切身感受』『絕對的』『能力值差距。』

在不可能被看到的筆記燃燒掉落的同時，她輕輕往前踏步。

黑衣人的影子化作一陣風，在非常靠近地板處飛翔著。眨眼間便從背後追上涅爾娃，事已至此，勉強轉過頭來的涅爾娃也做好覺悟。

「真是夠了！我就奉陪到最後吧！」

她推開安傑爾姊妹，自己擋住黑衣人的去路。她高舉鎚矛，隨後有一陣黑色疾風以彷彿幻影般的速度穿過她身旁。

『太慢了。』

筆記像是臨別禮物一般飄落，鎚矛前端同時「砰！」一聲地粉碎了。總算自覺到的衝擊將涅爾娃摔向牆壁，她癱軟無力地倒落下來。

「涅爾娃！」

愛麗絲把發出哀號的金髮堂姊妹推到樓梯上，這次換她擋住敵人去路。眨眼間便逼近眼前的馬迪雅，刻意不使用武器，而使出了踢擊。

下劈踢落長劍，掌底流暢地接著擊中肩膀。嬌小身軀的撞擊把銀髮「聖騎士」撞飛到走廊盡頭。

『我剛剛才』『在旁邊』『看到了』

『妳的』『弱點喔。』

馬迪雅解除格鬥術的架勢，立刻一蹬樓梯的扶手。她著地在底下的樓梯口，以快到看不清的速度自由自在地揮舞長劍。樓梯被砍成碎屑飛舞，光輝宛如飛舞在半空中的血花，這光景讓梅莉達把話吞回肚裡。

「這太荒唐了……！」

出口被封住，她不得不往回走。馬迪雅的影子宛如烏鴉一般跳越過她的頭上。在著地到樓梯出口的同時，一把抓住無能才女纖細的頸項。

「啊咕……！」

『妳已經』『無路』『可逃了。』

掌握目標的生殺予奪，排除所有障礙，馬迪雅在兜帽底下暗自竊笑。她眺望著獵物因痛苦而扭曲的表情，施虐心讓她揚起嘴脣。

『來吧，』『審判的』『時間到了。』『梅莉達・安傑爾。』

『拿出妳』『清白的證據，』『證明』『給我看。』

馬迪雅感受到自己小巧的胸口正因興奮而心跳加速。

或許是這一個月來累積的壓力造成的反作用。當初，馬迪雅以為這個任務的難度並沒有那麼高。身為安傑爾護衛的那個「男人」確實是很棘手的存在，但在這個被封鎖的學院場地中，可以靈活運用罕見變裝術的自己，應該壓倒性地占上風。

然而，不知是誰的陰謀，把梅莉達・安傑爾拱成月光女神候補生，導致馬迪雅無法隨便靠近她。畢竟有「男人」宛如銅牆鐵壁般的警戒網。馬迪雅曾一度假扮成同學，企圖在餐廳與梅莉達接觸，但那個家庭教師裝出和善親切的模樣，卻經常盯緊了主人的交友關係。馬迪雅可以確信，只要稍微洩漏出邪念，男人會立刻一刀刺穿自己的背後吧。馬迪雅感覺到要安穩地完成任務，是一天比一天困難。

隨著選拔戰即將結束，焦躁的利刺也一根根刺在身上。

這座被染成血色的宮殿身影，說不定正顯示出她的焦躁。

不過，怎麼樣呢？一旦馬迪雅採取行動，就沒有任何事物可以阻擋住她。無論是「男人」、「一代侯爵」或弗立戴斯威德學院長，甚至連騎士公爵家，都無法阻止布拉克·馬迪雅的殘暴惡行。

馬迪雅吊起痛苦喘氣的梅莉達脖子，讓筆記像在跳舞似的飄落。

『沒錯，』『無論怎樣的對手，』『都不是我這個最強小丑的』『敵人。』

『沒有任何一個』『我無法』『揭露的』『祕密！』

馬迪雅蘊含無聲的激情，終於舉起右手的長劍。

瞬間，耳朵捕捉到微弱的風聲

馬迪雅在揮下長劍的前一刻改變劍的軌道，刀身砍除不知從何處飛來的魔彈。

「無禮之徒！放開妳的手！」

從左右兩邊走廊夾擊馬迪雅的，是兩名德特立修學生。而且還有另一個氣息從背後

接近——這麼說來，第三場考驗是四名候補生一起上場的大混戰啊——馬迪雅回想起這件事。

『看來還有』『不自量力的』『傢伙呢。』

馬迪雅放開獵物的脖子，換成拿起武器。她拔出長杖貫穿左邊的魔術師位階，反手拔出法杖，從正面擊潰右邊的神官位階。在敵人倒向後方的同時，武器在她們手中粉碎散落。

在這個階段，第三個敵人逼近了背後。

『來吧，』『我要用妳本身的武器，』『替妳刻下』『敗北的紀錄！』

馬迪雅浮現狂喜的神色，轉過頭去，將敵人身影納入視野。在這座葛拉斯蒙德宮裡，至今仍未遭遇過的最後一個人。第四個候補生莎拉夏。

兜帽底下的視線欣喜地盯著她的手邊。她雙手緊握的是金屬製的圓筒。圓筒前端是彎曲的刀身，還有隨風搖曳的裝飾帶。馬迪雅立刻試圖拔出同種類的武器——但她的思考回路猛然停止。

——矛？

儘管只是短短幾秒，馬迪雅的動作仍遲鈍了下來，就在那一瞬間。莎拉夏刺出的矛前端，被吸入黑衣人的中央部分。從矛尖迸出彷彿櫻花飛舞的火焰。

LESSON: VII
～嘲笑的漆黑與隱藏的黑暗～

「『漸烈乾涸（Dry Crescendo）』！」

攻擊技能咆哮，高速的三連擊打中馬迪雅全身。類似雷鳴的瑪那衝撞聲轟隆響起，纖細的黑衣人影被吹飛到樓梯下。

「……嗚！」

從兜帽底下發出微弱的人聲，馬迪雅像溜滑梯一般著地在樓梯下。

擊出矛的莎拉夏在樓梯上大口喘氣。馬迪雅痛苦地仰望莎拉夏，她的心情同時化為黑色筆記，從天花板降落。

『我掉以輕心了。』『沒想到居然有「席克薩爾」』『混在這裡面。』

「……嗚！」

『但是，』『奇襲已經』『不管用了。』

馬迪雅這麼宣告，緩緩爬了起來。儘管灌注渾身的瑪那，仍無法給予敵人致命打擊的莎拉夏——不知她在想些什麼，只見她隨意地放下矛，解除架勢。

她從樓梯上俯視敵人，用毅然的態度問道：

「妳知道**那個地方**是哪裡嗎？」

馬迪雅在兜帽底下蹙起眉頭，隨後——

一陣凜然的殺氣竄過背後。

從頭上有股天差地別的壓力，將馬迪雅本能地舉起的長劍摔向她自身。宛如雷電般的衝擊從頭頂貫穿到腳底，玻璃地板呈放射狀碎裂。

「……咕！」

馬迪雅忍不住發出痛苦的呻吟，同時轉頭看向背後的她，目睹到了。

目睹到正揮落巨劍，體長少說五公尺的女武神。

『太大意了！居然讓沒有許可的無禮之徒進入了宮殿嗎！』

『我等守衛不能容許這座宮殿裡有不純的存在！』

之後已經無暇喘息。巨大的女武神們從後方與左右接連不斷地現身，無止盡地用宛如棺材般的巨劍攻擊馬迪雅。斷續且迅速的斬擊降落到馬迪雅架在頭上的長劍。

一看之下，關閉的正門大門正聳立在他們的背後。看來在追蹤梅莉達她們時，似乎返回到玄關這邊了。

——不，這並非偶然。馬迪雅是被誘導過來的。

這一定就是梅莉達她們的目的。為了請這座葛拉斯蒙德宮最強的玻璃寵物們，擊退她們無論怎麼掙扎，都打不贏的敵人……！

「真會耍小聰明……！」

馬迪雅忍不住從兜帽底下吐出類似詛咒的聲音，而非透過筆記。隨後，女武神們舉起各自的劍，從左右兩邊同時攻擊馬迪雅。膝蓋嘎吱作響，腳邊沉陷下去。

馬迪雅用力咬緊牙關，使出渾身力量抬起長劍。

兩把玻璃劍被彈飛到正上方。馬迪雅以密度驚人的劍擊猛攻女武神變得毫無防備的軀體。馬迪雅瞬間讓左邊那隻女武神陷入無法戰鬥的狀態，接著立刻飛奔上她的軀體。

馬迪雅在左邊女武神的肩膀上跳躍，將鎚矛前端戳進右邊的另一隻女武神體內。馬迪雅將女武神的頭部粉碎成碎屑，猛然搖晃並逐漸傾斜的女武神身體——衝撞上大廳地板，演奏出驚人的巨響。

『『遺……遺憾至極……！』』

玻璃救世主留下演戲般的聲音崩落了。馬迪雅一邊踹著女武神的殘骸，一邊在兜帽底下吐出急促的氣息。的確是累積了無法忽視的損傷——不過，那又怎麼樣呢？這就是她們僅有的渺小戰果。

黑色筆記飛舞飄落到倒在樓梯上的梅莉達身邊，作為馬迪雅找回從容態度的證明。

『真可惜呢。』『妳們終於』『無計可施了嗎？』

「是呀，妳果然厲害——謝謝妳。」

梅莉達的回答完全出乎意料。馬迪雅疑惑地仰望她，就在這次真的難以推測其意圖時——

背後的大門「劈哩！」地竄出龜裂。

就宛如被神之拳敲門一般，龜裂伴隨著斷續的衝擊愈來愈深。梅莉達得意的聲音降落到兜帽的頭上。

「剛才的女武神是『鑰匙』。封住葛拉斯蒙德宮的她們被打倒，門扉就會開放。能夠打倒妳的戰士，會火速趕來這裡！」

「……唔！」

就在馬迪雅不禁對梅莉達感到畏懼，後退了兩三步時——

只見正門立刻被砍飛成粉末，同時衝進來的圓刃突然襲向馬迪雅。淺淺挖過背後的圓刃，在被拉回空中的過程中，被人輕快地接住。

伴隨光芒飛奔進來的紅髮少女，雙手高舉著圓月輪，同時發出咆哮：

「『閃耀（Flarecraft）……！』」

緋紅火焰高高噴起，然後急速被磨亮。這是在發動高等攻擊技能。一橫掃右邊的圓刃，連動的三把瑪那刀便會攻擊馬迪雅。若是回砍左邊的圓刃，追隨而來的三把瑪那刀便會毫不留情地切割敵人全身。

蘿賽蒂在用力往前踏的同時，一鼓作氣地將雙手的圓月輪揮向前方。

「『連身（One）』！」

LESSON: Ⅶ

～嘲笑的漆黑與隱藏的黑暗～

六把瑪那刀聚集成一束，筆直地使出驚人的連續攻擊。

最後蘿賽蒂灌注渾身的意志，將雙手朝左右兩邊使勁一揮。

「『裙(Piece)』！」

宛如天羅地網一般躍動的瑪那刀，橫行無阻地砍著黑衣人全身。軍服衣角變成碎布飛舞在半空中，那碎布留在原處，整個人被吹飛到後方。

「咕……嗚！」

兜帽底下發出清晰的痛苦呻吟聲。她衝撞上玻璃牆壁，灑落紅水晶的碎片。勉強著地後，她立刻膝蓋一軟，單膝落地。

「一代……侯爵……！」

已經沒有黑色筆記飄落了。馬迪雅抬起滴著血的手臂，將長劍尖端刺在玻璃地板上。她的手使勁地握住劍柄。

隨後，她以高速讓全身轉動一圈。她的腳邊刻劃出正圓形，搭載著馬迪雅的玻璃地板掉落到樓下。只剩火花與玻璃飛沫盛大地飛舞散落。

在玻璃地板被留下一個洞穴的同時，有人影接連不斷地從蘿賽蒂背後飛奔而入。講師們都全副武裝，站在他們前頭的是布拉曼傑學院長。

「結束！第三場考驗結束！勝者是——」

這麼高聲宣言的學院長看到玄關的慘狀，不禁停下腳步。

梅莉達在樓梯上俯視自己的胸前。該說是理所當然嗎？勳章早已經因為激戰的餘波，變得破爛不堪。回想起來，神華也是一樣，第三個小組成員涅爾娃甚至沒有配戴勳章。

梅莉達輕輕聳了聳肩，向視線集中到自己身上的講師們報告：

「我們這組是零分。」

「……同樣掛零。」

腳步踉蹌地回到樓梯上的愛麗絲接著說道。所有人的視線接著移向莎拉夏，但她一臉過意不去的表情，搖了搖頭。

「其……其實我已經被琪拉學姊奪走了勳章……」

「我來助陣嘍！敵人怎麼樣了？」

這時，有個慌張的腳步聲飛奔過來。

是第四個候補生琪拉．艾斯帕達。她勇猛地拎著雙槍飛奔而入，價值三分的勳章保持完整的形狀，在她胸前閃耀發亮。

布拉曼傑學院長在背後的講師群、難以掌握狀況的琪拉，還有看向自己的三名一年級生的注視下，以不由分說的語調宣布：

LESSON: VII

～嘲笑的漆黑與隱藏的黑暗～

「那麼，第三場考驗是琪拉同學獲勝！」

† † †

第三場考驗在學院長的一聲令下落幕時，布拉克·馬迪雅逃入了在弗立戴斯威德的城牆附近的廣闊樹林裡。她打算趁現在大家的注意力都集中在葛拉斯蒙德宮時，回到潛入時設置的巢穴。

馬迪雅的軍服衣襬滴著血，她同時從兜帽底下碎唸著無止盡的詛咒。

「任務失敗……那群溫室長大的傢伙……竟敢……設計我馬迪雅……」

採取了那麼高風險的作戰，明明得以與梅莉達·安傑爾在近距離接觸，結果卻還是無法達成目的。進行這次潛入任務已經一個月，勉強得到的只有「庫法果然隱瞞著什麼事的樣子」這種臆測。

這麼狼狽的模樣，根本無法回去白夜騎兵團的總部——

內心充滿焦躁，還有因受傷而被削弱大半意識的馬迪雅，這時完全疏忽了對周圍的警戒。在敵人身影從樹蔭分離出來，宛如死神一般端正的美貌映入眼簾的瞬間，她才察覺到逼近眼前的殺氣。

一直以來奪走無數性命的黑刀，在男人手上反射出銳利的光芒。

「等……等——！」

在馬迪雅話剛說出口的瞬間，庫法已經衝進她懷裡。以神速揮起的刀尖，劈開緊閉著的軍服前面。

回砍的刀刃以快到看不清的速度躍動著，將黑衣人的全身切得粉碎。飛舞散落在半空中的不是血，而是黑色布塊。包裹全身的黑衣完全被砍飛，眼看著少女纖細手腳的膚色裸露出來。

將少女逼到只有遮住重點部位的半裸姿態後，庫法銳利地抬起刀尖。黑刀前端將兜帽往上掀起。驚訝地瞪大的眼眸，從兜帽底下映照出庫法的身影。

略微凌亂的黑髮，宛如匕首一般犀利的雙眼，外表看來不到十五歲嗎……在兜帽啪沙一聲掉落到背後的同時，少女一屁股跌坐到泥土地面上。

「啊嗚……！」

庫法無視發出呻吟的她，確認黑刀上沒有沾到任何一滴血。他接著蹲在半裸的少女面前，掀開還勉強掛在她身上的布塊。

「很好，妳沒有偷藏任何東西吧。」

「你……你真殘暴！」

馬迪雅滿臉通紅地按住布塊的碎片，庫法若無其事地回答她：

「這是當然的處置──原來如此，這就是妳的『真面目』嗎？」

「咕……！」

「我已經揭露妳的真面目、體型、瑪那和一切。妳的變裝術已經對我不管用了。」

黑髮少女用力咬緊嘴唇，庫法一臉得意地對她說道：

「妳的苦肉計也宣告失敗了啊。怎麼樣，我的學生們很難對付吧？」

「…………我……我……」

馬迪雅將破掉的軍服拉近自己，以仰望的視線瞪著庫法。

「我……我……我才……沒有……輸……」

「啥？」

「唔……唔唔，對方人多勢眾，我則是孤軍奮戰。這……這樣不公平……太卑鄙了！」

她結結巴巴地訴說，拉扯著庫法的袖子。用黑色筆記交談時那充滿自信的態度不知上哪兒去了，她的模樣就彷彿完全畏懼著陽光的蝙蝠。

「協……協助……我吧，我還要待在這裡，幫我偽造轉學生之類的文件……！」

「這種事怎麼會拜託我這個當事者啊……」

LESSON: Ⅶ ～嘲笑的漆黑與隱藏的黑暗～

「可……可是我這樣子又不能回到總部（Lodge）……」

黑髮少女用沙啞得彷彿要消失的聲音低喃，沮喪地垂下頭。

目睹到她可憐的半裸姿態，庫法「唉」一聲地嘆了口氣。庫法緩緩將手探入懷中，把拿出來的書簡在她面前晃了晃。

「來，這個給老爹。」

「咦，這是……？」

「是『第二份報告書』。裡面有寫到妳想探查的事情。看過這份報告書後要怎麼判斷，就交給老爹大人吧。」

庫法在這邊所說的「老爹」，讓馬迪雅來說就是「爸爸」；他收養年幼時無依無靠的庫法等人，把他們培育成黑暗世界的特工，是白夜騎兵團的團長。當然這次派馬迪雅來的人也是他吧。

既然庫法已經被懷疑背叛騎兵團，這也是沒辦法的。必須以某些方式先處理一下，否則他們大概會接連派來第二、第三個刺客，庫法與梅莉達的性命遲早會葬送在那些刺客手上。

託付了兩人命運的書簡，此刻交到馬迪雅手上。

確認馬迪雅將書簡用力緊抱在胸前後，庫法立刻接著告知：

「不過作為代價，在妳回聖王區前，要拜託妳幫忙跑個腿。」

「跑腿？」

「就是給敗者的懲罰。」

庫法壞心眼地揚起嘴脣，於是馬迪雅不滿地鼓起臉頰。

「……我該做些什麼才好？」

拎著黑刀的青年像是惡作劇一般，或者說比惡魔更冷酷地嘲笑。

「壞孩子就需要教訓對吧，用我們掌管黑暗的『白夜』的作風。」

HOMEROOM LATER

「真是荒謬至極的一個月！」

將白髮束成髮髻的女性，氣憤得滿臉通紅，這麼說道。

她粗魯地翻動圍裙裝，彷彿要揮舞手上拿的行李箱一般走著；她正是愛麗絲宅邸的女僕長，奧賽蘿女士。她臉上浮現憤怒的神色，用力踩響鞋子的身影，讓路上打扮高貴的人們都驚訝得讓路給她。

這裡是卡帝納爾茲學教區的高級住宅區。聖弗立戴斯威德女子學院的「鎖城」久違一個月地解除後，她不等交流會落幕，便早早離開了城牆。

理由很單純。因為她無法一直忍受目睹月光女神選拔戰的結果——那種令她難以接受的光景。

「我好不容易活用各種門路，把自己的名字擠進留宿者名單中，還準備了彩繪玻璃，避免被任何相關人士發現……！都怪那個『無能才女』和『殘暴教師』，我精心製作的輝煌企畫都泡湯了！」

可恨！——她大聲發出的尖銳聲音，將行道樹上的小鳥們都趕跑了。

儘管頭髮染白，奧賽蘿女士的眼力依舊沒有衰退。雖說僅僅一戰，但那個「無能才女」梅莉達·安傑爾，居然超越了「聖騎士」愛麗絲·安傑爾……這令人難以置信的結果，再加上梅莉達的家庭教師那得意洋洋的眼神！

一想到這些，奧賽蘿女士實在無法一直待在那間學院裡。必須盡快策劃下個計畫才行——她這麼心想，鑽進自己城堡的豪華門扉。她橫跨過整理得宜的前院，走近有純白高雅牆壁的愛麗絲宅邸。

在她伸手要打開玄關大門時，忽然從對面傳來笑聲。

是年輕女僕的聲音。奧賽蘿女士不禁火冒三丈。

「妳們這些人！雖說我不在，但誰准妳們鬆懈下來了——」

氣勢猛烈地打開玄關大門的奧賽蘿女士，驚訝得張大了嘴，下巴都快掉了。

「啊，奧賽蘿女士！您上哪兒去了呢？」

這麼爽朗地向奧賽蘿女士搭話的少女，是在宅邸工作的女僕之一，也是奧賽蘿女士的部下。這點不會有錯。

但是，她的打扮十分異常。女僕服的裙子只到膝上，整體的褶邊和蕾絲增加了五成。不曉得哪根筋不對，髮箍上還裝著像貓耳的裝飾。

察覺到奧賽蘿女士的視線，少女有些靦腆地握緊雙手。

「啊，十分抱歉……歡……歡迎回來，喵！」

「什……什什什什什……什……！」

「啊哈哈，雖說是奧賽蘿女士的指示，這樣果然還是有點難為情呢。」

奧賽蘿女士驚訝得嘴都攏不上，其他年輕女僕也紛紛聚集到她身邊。所有人都穿著愉快到極點的特製版女僕裝，無一例外。

「會嗎，我倒是愈來愈樂在其中了。喵！」

「只有耳朵不太好看，乾脆連尾巴也戴上如何？喵。」

「這麼說來，奧賽蘿女士帶著那麼大包的行李上哪兒去了呢？喵！」

「妳們是怎麼回事呀！」

奧賽蘿女士大發雷霆。倘若是平常，這樣就會讓女僕們顫抖起來，但少女們面面相覷，浮現出不知為何會挨罵的表情。

奧賽蘿女士只差太陽穴的血管沒爆裂，她喋喋不休地說道：

「問我上哪兒去了，當然是陪愛麗絲小姐留宿在聖弗立戴斯威德啊！」

「對呀，但是您昨天先一步回來了吧？」

「什……妳……妳在說什麼？話說那不知羞恥的打扮是怎麼回事！誰允許妳們在工

作中私語了！就算我之前不在──」

「奧賽蘿女士昨天一回來，就這麼下達了指示不是嗎？您說要將宅邸的制服換新，工作中『禁止沉默』……」

奧賽蘿女士開始頭昏了。她完全無法理解部下在說什麼。就在她絕望地想著「難道是年紀大了嗎？」的時候，一名活力充沛的女僕拉著奧賽蘿女士的手。

「對了，奧賽蘿女士！我照您吩咐的，把房間整理得很漂亮喔！」

「究竟……接著到底又是什麼呢……」

被拉到自己寢室的奧賽蘿女士，在那裡實際感受到惡夢。

「這……這……究竟是……？」

用一句話來說，就是眼睛很痛。地毯是超級鮮豔的粉紅色。床鋪的棉被是少女風格的花樣。飄逸的蕾絲裝飾在房間內四處跳著舞。

又不是愛作夢的五歲小孩，在這種房間怎麼睡得著啊？沉重的行李箱從她宛如枯枝般的手上掉落。活力充沛的女僕一臉害羞地吐了吐舌頭。

「因為您指示『盡全力發揮少女妄想』，我很努力地照辦了喔！」

「這是夢……一定是哪裡搞錯了……」

奧賽蘿女士彷彿夢囈一般低喃著，腳步踉蹌地逃到走廊上。周圍的部下們感到不可思議，不曉得她是怎麼了；奧賽蘿女士在這些部下面前，拚命地撐住牆壁。

她環顧周圍，想看有沒有人還是正常的，然後她看見了。

看見站在走廊的盡頭處，穿著圍裙裝的老嫗。將白髮束成髮髻的那名女性，與這邊四目交接，滿是皺紋的臉咧嘴笑了起來。

然後她突然打開窗戶，輕飄飄地往下跳到庭院。

「您從剛才開始是怎麼啦，奧賽蘿女士……」

周圍的女僕們似乎什麼也沒察覺。奧賽蘿女士看向其中一名部下，再次將視線移到窗戶上。她緩緩挺直了背，然後低喃道：

「我拚命守護至今的宅邸的秩序…………啊，我的頭好暈——」

奧賽蘿女士翻起白眼，砰——！一聲地往後倒落在走廊上。年輕的貓耳女僕們慌張地包圍住她。

「奧賽蘿女士！」

「不得了了，奧賽蘿女士她！」

「立刻把她搬到床上！」

「搬到她最喜歡的花樣圖案床鋪上——！」

從窗戶輕飄飄地飛舞下來，穿著圍裙裝的老嫗，無視突然吵鬧起來的宅邸，立刻飛奔到庭院的草叢中。

她仔細確認四周沒有任何人的視線，同時從圍裙裝底下卸下義足與義手，從身體上拆下矯正器。她摘下假髮，從臉上撕下膚色面具後，不到十五歲的少女容貌便顯露出來。

少女穿上平常的軍服，天真地仰望鬧哄哄的宅邸。

「……他的個性果然很差勁。」

她從懷裡拿出書簡，仔細確認封口。回收所有行李與證據後，少女拉低兜帽蓋住眼睛，一聲不響地邁出步伐。

布拉克．馬迪雅的黑影，就這樣不留痕跡地融入樹蔭處。

† † †

當天早上，眾人在聖弗立戴斯威德女子學院的城門前，替德特立修的代表學生們送行。三百名弗立戴斯威德學生圍住玄關，負責人依序與德特立修學生道別。

克莉絲塔．香頌學生會長待在負責人最前排，想和她打招呼的德特立修學生不斷來訪。克莉絲塔會長保持她天生的燦爛笑容，與每個女孩一一握手。

「克莉絲塔大人！託您的福，這次留宿非常愉快！」

「會長招待我們參加的茶會，我會回去跟同學們炫耀！」

「嗯。各位同學，請妳們隨時再來玩喔。」

「——克莉絲塔會長。」

趁隊伍中斷時，來到克莉絲塔會長面前的是德特立修學生的領導者，妮裘・托爾門塔總室長。

看到有些動搖的克莉絲塔會長，妮裘室長輕輕伸出手心。

「選拔戰時我不在的期間，謝謝妳幫忙統整德特立修的同學們。實在幫了我大忙。」

她放鬆能面，柔和地露出微笑。克莉絲塔會長一臉意外地瞠大了眼，但她立刻回以笑容，牢牢地回握她的手心。

「……下次再見吧！」

「是呀，改日再見。」

兩人最後再一次交換微笑，然後妮裘室長鬆開了手，轉身離去。

克莉絲塔會長用有些哀傷的眼神，目送她瀟灑離去的背影。這時，她在視野前方發現了幾個人影在城牆外附近待命。

是身穿騎兵團軍服，比自己稍微年長的少女。克莉絲塔會長在其中發現出乎意料的人物，驚訝地倒抽了口氣。

「米——米蕾學姊？」

克莉絲塔會長飛奔而出，弄亂了制服衣襬。對方似乎早已經注意到這邊，以親切的笑容迎接氣喘吁吁跑近的克莉絲塔。

「好久不見了呢，克莉絲。妳現在是學生會長啊？」

「這……這是……我當選的時候，學姊也還在學校不是嗎……！」

這名年長的少女騎士，正是去年擔任聖弗立戴斯威德女子學院學生會長的米蕾・伊斯托尼克。同時也是去年的月光女神選拔戰的候補生之一……是克莉絲塔會長擔任搭檔的對象。

克莉絲塔會長一臉尷尬地閉上嘴，接著又結結巴巴地開口詢問：

「學……學姊怎麼會在這裡？」

「當然是任務嘍。是布拉曼傑學院長直接委託的任務呢。」

「學院長她？」

米蕾聳了聳肩，以豪爽的語調繼續說道：

「她要我們將德特立修學生平安護送到學園……雖然不曉得詳情，但今年的選拔戰似乎很不得了啊！這似乎是以期萬全的警衛，才會委託有淵源的幾名騎士，像是我嘍。」

「啊……」

從米蕾口中說出的「選拔戰」一詞，刺中了克莉絲塔會長的胸口。

自己在去年選拔戰中犯下的嚴重失誤，在腦海中打轉。雖然不能說原因都出在那上面，但以結果而言，米蕾錯失了前任月光女神的寶座。

現在就是清算的時候了嗎？克莉絲塔會長這麼心想，試圖張開顫抖的嘴脣。

不過，就在她開口的前一刻。一直眺望著聚集在城門前的弗立戴斯威德和德特立修女學生們的米蕾，看來有些尷尬地搔了搔頭。

「……我說啊，克莉絲。對不起喔。」

克莉絲塔會長像是在看難以置信的東西一般，回看著米蕾的臉。

「為……為什麼學姊要道歉呢……？」

「就是去年的選拔戰啊。當時的我滿腦子都是自己要當選月光女神的事情，根本沒有顧慮到弗立戴斯威德的大家，或是與德特立修的女孩們交流之類的……老實說，當時的氣氛很糟對吧？」

「啊……」

「我想跟我們一起到聖德特立修女子學園的代表生們，待在別人學校的一個月期間，大概覺得如坐針氈吧……這件事一直讓我很遺憾。」

一直皺緊眉頭的米蕾，這時以爽朗的表情俯視克莉絲塔會長。
「但是妳漂亮地完成了我沒能辦到的事情呢。很了不起喔。謝謝妳。」
「……嗚！」
克莉絲塔會長的眼眸慢慢湧現淚水。
大顆淚珠不停滑落雙頰，克莉絲塔會長用雙手手心掬起淚珠。
「學姊……我……我……！」
「慢……慢點，為什麼要哭呢——真是的，妳這孩子真傷腦筋。」
年長的少女騎士一直溫柔地輕撫著抽泣的少女的秀髮。

在替德特立修學生送行的圈子當中，也可以看見梅莉達與愛麗絲這對安傑爾姊妹的身影。她們也是今年選拔戰的候補生，但以結果來說，兩人最後的成績是幾乎同票的倒數兩名。結果，她們沒能縮減與前兩名的票數差距。
第三場考驗的影響果然很大。梅莉達與愛麗絲的戰鬥，的確值得吸引觀眾的目光，但同一時刻，德特立修的琪拉與莎拉夏小組，似乎也展開了激戰。「王子」彷彿要發洩第一、第二場考驗的鬱悶，她演出激烈武打場面的身影，果然獲得了大半的票數。
再加上——就結果而言，她也是第三場考驗大混戰的獲勝者。身為觀眾的學生們並不曉得葛拉斯蒙德宮被封住的期間發生的事情，月光女神頭冠的去向，可說是理所當然的吧。

梅莉達並沒有很沮喪，她雙手交叉環胸，茫然地仰望天空。

「結果，那個莫名強大的冒牌涅爾娃到底是怎麼回事呢？」

「……學院長說是特別的玻璃寵物。」

愛麗絲以她本身也感到懷疑的聲音這麼回答。那個操縱七種武器的黑衣人舉動，還有壓倒性的瑪那。看似薄弱卻又強大的存在感——就算有人說明那是沒有靈魂的玻璃人偶，這對姊妹也無法信服。

最重要的是，梅莉達清楚地感受到那個黑衣人明顯的「意志」。

『即使到了年紀，』『瑪那也沒有覺醒的』『無能才女。』

『事到如今』『卻突然萌芽，』『那個祕密——………』

應該伴隨火焰一同消失的話語，如今也一直縈繞在梅莉達的腦海中。

說不定有某種意志試圖揭露連梅莉達本身都不曉得的某些祕密，而且那種意志可能正在梅莉達與庫法的周圍盤旋著？

就在梅莉達潛入沒有答案的思考迷宮時，一個外觀特別秀麗的中性美少女，從德特立修學生的集團走近梅莉達與愛麗絲這邊。

是獲得這屆月光女神寶座的「王子」，琪拉．艾斯帕達。她攜帶著女神之證的頭冠「月之淚」，但仍一臉不服氣似的扭曲嘴脣。

「……我並沒有接受這次的結果。」

「咦？」

「我根本不覺得自己贏了！而且我直到最後都一直輸給妳！」

被琪拉用食指猛然一指，梅莉達大吃一驚。

琪拉像在挑戰一般挺起胸膛，臉頰稍微泛紅地宣言：

「聽好嘍！明年的選拔戰，妳們要來聖德特立修女子學園。到時再次一決勝負！下次我一定會讓妳們輸得體無完膚，做好覺悟吧！」

哼！琪拉轉過身去，不等梅莉達回答便離開了。

梅莉達與愛麗絲茫然地面面相覷，接著感到傻眼似的微笑了。

「我好像變成明年也要當候補生呢。」

「那下次就由我來當莉塔的搭檔。」

「說得也是。那也不錯，不過——」

這時梅莉達「咳哼」一聲，清了清喉嚨。

她一副了不起似的雙手交叉環胸，得意地弓起單薄的胸膛。

「欸，愛麗。我想要重新設立小組。不是涅爾娃的小組，也不是妳的小組。是由我來擔任隊長，我的小組喔——妳當然會加入對吧？」

梅莉達用自信滿滿的視線看向愛麗絲。

愛麗絲綻放出不同於平常的滿面笑容。

「嗯！請讓我加入莉塔的小組……！」

「很好！」

互相對望的少女們，彷彿照鏡子的天使一般，「「欸嘿嘿！」」地笑了。

從遠方校舍塔眺望女學生們這些模樣的，是現任騎士二人組，庫法．梵皮爾與蘿賽蒂．普利凱特。他們從漫長樓梯的最上階，守護著城門前的熱鬧喧囂。

「——換句話說，只講重點的話，是這麼回事嗎？」

坐在樓梯上的蘿賽蒂，重新豎起了食指。

「掉包彩繪玻璃是奧賽蘿女士搞的鬼；而在泳裝上動手腳的是愛麗絲小姐的自導自演；在第二場考驗時，情報會洩漏出去，是神華小姐設計的……那個叫馬迪雅的傢伙在暗中的活動又牽扯到這些，演變成非常複雜的狀況，是嗎？」

蘿賽蒂無奈地聳了聳肩，輕輕嘆了口氣。

「還真是難搞的一個月呢。」

「我有同感。每個人都懷抱各自的想法，真的是很難應付……」

站在樓梯上的庫法，這時輕柔且優雅地轉過頭。

「不過，這就是名為『學校』的世界不是嗎？」

「說得好。」

呵呵——蘿賽蒂感到滑稽似的笑了，她忽然像在察言觀色一般，壓低聲音。

「……奧賽蘿女士做的事情，真的可以保密嗎？」

「我有事先向學院長報告，不過……這恐怕是無可奈何的事情吧。畢竟沒有確切的證據，她本身也絕對不會坦承吧。而且，看奧賽蘿女士的說話方式……除了騎士公爵家之外，她可能還有其他後盾。」

「那麼，對這間學院的學生們而言，這次發生的事情，結果還是一團謎嗎～」

蘿賽蒂難以忍受似的這麼說道，大大伸了個懶腰。

庫法稍微猶豫了一下之後，對那樣的她接著說道：

「……要說謎團的話，還有一個沒有解決的問題。」

「咦，什麼什麼？」

「就是入侵葛拉斯蒙德宮的方法。」

庫法慎重地，像在細細體會一般編織出聲音。

「要掉包彩繪玻璃，必須進入葛拉斯蒙德宮。為此，必須獲得守衛許可。不過並非瑪那能力者的奧賽蘿女士，並沒有向守衛登記瑪那……」

「咦，這表示，也就是說……！」

蘿賽蒂彷彿受到刺激一般爬起身。庫法肯定地點頭回應。

「沒錯……換句話說，邀請奧賽蘿女士進入葛拉斯蒙德宮的某人，就在登記了瑪那的三百幾十個人當中。」

「究竟是誰做的？」

「就是某人做的。」

這時，城門那邊掀起漣漪般的歡呼聲。

庫法轉頭一看，整齊列隊的德特立修女學生們，在弗立戴斯威德生的聲援包圍下，消失到隧道裡的樣子看起來非常渺小。

† † †

沿著隧道行進的德特立修學生最後方，可以看見一名女學生的身影。是在今年選拔

戰中突然負責擔任候補生的一年級生莎拉夏。

她浮現出有些憂鬱的眼神，此刻有兩隻手從她的背後伸了出來。

那兩隻手不停搓揉著在制服底下主張存在感的兩個隆起。

「莎～拉～」

「呀啊！」

無禮之徒感到有趣似的突然轉身，莎拉夏滿臉通紅地提出抗議。

「真是的，真是的！小繆妳別這樣啦！」

「呵呵，對不起喔。因為好久沒跟莎拉玩了，我實在太開心，情不自禁。」

惡作劇似的吐出舌頭的，是擁有黑水晶秀髮的同學。莎拉夏「唔……」地鼓起通紅的臉頰，同時惹人憐愛地護住胸前。

「……這麼說來，小繆完全沒有參加交流會，都在做些什麼呢？」

莎拉夏恐怕跟這個難以捉摸的「魔騎士」一年級生，繆爾‧拉‧摩爾擁有最深的緣分。莎拉夏屢次以視線追逐繆爾的身影，但她沒有參加交流會活動，似乎一直在自由活動的樣子。

「我去辦點母親大人交代的雜事。而且我光是從外面觀看，就能充分享受了。妳不覺得今年的選拔戰成了很刺激的活動嗎？」

繆爾在莎拉夏旁邊走了起來，同時將食指貼到性感的嘴脣上。

「要奢求一點的話，真希望奧賽蘿女士能再做得誇張點呢。因為她強烈希望我們能看在『革新派』的情分上提供協助，我才特別幫忙的，但她只是掉包彩繪玻璃，居然就滿足了……之後就什～麼也沒做。」

「……那果然是小繆妳們做了些什麼啊。害我要出場選拔戰，整個很慘耶。」

友人瞪著自己看的視線，讓繆爾連忙將手伸入包包。

「多……多虧莎拉妳們大活躍，這邊的調查進行得很順利喔。妳看這個。」

「……這是什麼？」

繆爾遞給莎拉夏的是幾張羊皮紙。是塞滿複雜的圖形與圖表還有波形的塗鴉。繆爾家的一族具備研究者氣質，這種暗號似乎會刺激他們的求知慾，但對出身於純粹武士家族的莎拉夏而言，老實說完全不明所以。

「這些資料是解析登記在葛拉斯蒙德宮的學生的瑪那。但是解析機器被那個殘暴老師給破壞了，這是我憑印象記下來的。」

「妳一直在做這種事啊……真虧妳沒穿幫呢。」

「我還以為穿幫了，但看來那邊似乎也有很多狀況——先別提這些，妳看，這是梅莉達的解析圖，然後這是愛麗絲的解析圖。」

確認繆爾比較給自己看的兩張羊皮紙後，莎拉夏驚訝得瞠大了眼。

「這是……！」

「即使是不太熟悉這些事情的莎拉夏，也能一眼看出來對吧？沒錯，兩人的瑪那解析模式實在相差太大了。照理說同樣寄宿著安傑爾家瑪那的堂姊妹，絕對不可能發生這種狀況。」

繆爾高舉羊皮紙，就宛如把罪人逼入絕境的證物一般。

「愛麗絲．安傑爾擁有聖騎士位階這點不會有錯。既然如此……擁有的瑪那性質與堂姊妹實在相差太大的梅莉達．安傑爾，被稱為『無能才女』的她覺醒的位階，恐怕並非聖騎士……！」

「……唔！」

莎拉夏的喉嚨緊張地嚥了口口水。相對的繆爾則是輕鬆地露出微笑。

「妳不覺得這下子有很棒的情報，可以說給席克薩爾的哥哥大人聽了嗎？對吧……『龍騎士』莎拉夏．席克薩爾？」

聖騎士、魔騎士，還有三大騎士公爵家的最後一角，龍騎士。

冠有龍騎士之名的少女，以決然的眼神注視前方。

「梅莉達同學……看來我們很快就會再見面呢。」

讓人感受到某種悲壯決心的少女，與浮現妖豔微笑的少女。注視的前方有照射進隧道的光芒……兩人並肩走向城門的出口。

繆爾從手心扔出兩張羊皮紙，上面點綴著梅莉達與愛麗絲的瑪那情報。那兩張紙「轟」一聲地被漆黑火焰包圍。被風吹動的紙張飛舞在半空中，燒燬到剩下最後一片殘骸，遺留的火花宛如花瓣飛舞一般舞動，然後消失無蹤。

後記

各位讀者大家好，我是作者天城ケイ。《刺客守則》第二集，您看得還滿意嗎？非常感謝您閱讀到最後一頁。

託各位的福，我的出道作《刺客守則1暗殺教師與無能才女》獲得許多人的聲援，才能夠像這樣為各位送上續集。

我由衷感謝在出版時為本書竭盡心力的各位相關人士、庫法和梅莉達，以及所有喜歡《刺客守則》世界的讀者大人們。

我居然收到了生平第一封的讀者來信。手寫的訊息讓我深受感動。欸嘿嘿，拿去跟大家炫耀一下吧！

不過，我也不能一直得意忘形。我會努力向前邁進，在推出每一本續集時，都能讓購買本作品的各位讀者感到滿足。

話說回來，從前幾天起，在第二十八屆 Fantasia 大賞特設網站上，之前承諾會實踐的企畫「廣播劇ＣＤ化」正在進展中。呀喝！

決定其內容的問卷結果，因為「庫法與梅莉達打情罵俏的場景」獲得許多票，既然是讀者大人的希望，我必當盡全力回應（開心），因此新執筆了大幅增加愛情喜劇成分的原案故事，敬請期待。

接下配音工作的小野大輔先生以及夏川椎菜小姐，真的非常感謝兩位。自己幻想的角色能有美麗的插圖，而且還能配上完全符合印象的聲音，我實在是太幸福了。

若能與各位讀者稍微分享這樣的喜悅，將令我喜出望外。

插畫家ニノモトニノ老師。老師這次也將我拙劣文章的世界，以鮮明的插圖描繪出來。我對老師實在是抬不起頭來。老師將第二集新登場的每個角色都設計得極具魅力，我佩服得五體投地。

今後也請多多關照。身為ニノモトニノ老師的粉絲之一，我也非常期待今後刺客守則的世界會如何更加多采多姿起來。

最後，再次感謝 Fantasia 文庫編輯部的各位同仁與各位相關人士。還有對此刻正閱讀本頁的「您」，由衷地致上謝意。

那麼，下集再會吧。

天城ケイ

Kadokawa Light Novels

當蠢蛋FPS玩家誤闖異世界之時 1 待續

作者：地雷原　插畫：UGUME

腳滑誤闖異世界的蠢蛋FPS玩家，
能以槍及自身本領作為武器生存下去嗎!?

極度喜愛FPS，技術高超到足以參加世界大賽的男人——修巴爾茲在遊戲當中失足，掉到了地圖外。這種死法也太蠢了……才剛這麼想，卻發現這裡是陌生的世界！結果，他就這麼穿戴著FPS裝備生活在異世界。這名蠢蛋能在劍與魔法的世界生存下去嗎!?

Kadokawa Light Novels

異世界和我，你喜歡哪個？ 1 待續

作者：暁雪　插畫：へるるん

「說不定現實女性其實也沒那麼糟」系
戀愛喜劇放閃登場！

我市宮翼是個渴望到異世界開後宮的高中生，某天我發現班上第一美少女鮎森結月也是「異世界廚」。就在我們聊完異世界的回家途中，我被傳送到進行異世界轉生手續的地方——然而我的「點數」不足以轉生，於是我又回到了現實世界，開始集點生活……

台灣角川

NT$190/HK$58

Kadokawa Light Novels

公爵千金是62歲騎士團長的嫩妻 1 待續

作者：筧千里　插畫：ひだかなみ

溫柔的公爵千金凱蘿兒，
竟慘遭王子背棄婚約！

慘遭王子背棄婚約的公爵千金凱蘿兒，沒想到竟然是天大的幸運降臨她身上！這麼一來，就可以毫無牽掛地對思慕已久的「那位先生」發動攻勢了！凱蘿兒下定決心這次一定要活在真實之愛中。心意已決的她，目標就是——62歲的騎士團長威爾海姆大人!?

NT$200/HK$60

台灣角川

Kadokawa Light Novels

轉生成自動販賣機的我今天也在迷宮徘徊 1 待續

作者：昼熊　插畫：加藤いつわ

自動販賣機×怪力少女
兩人（？）的冒險之旅啟程——！

被捲入一場意外的我，醒來後發現自己佇立在陌生的湖畔，身體完全無法動彈。慌忙之下移動視線，透過湖面倒影發現一個完美的四方體——看來，我似乎變成一台「自動販賣機」了……！在無法自力行動的狀態下，我有辦法在異世界的迷宮存活下去嗎……

台灣角川

NT$200/HK$60

Kadokawa Light Novels

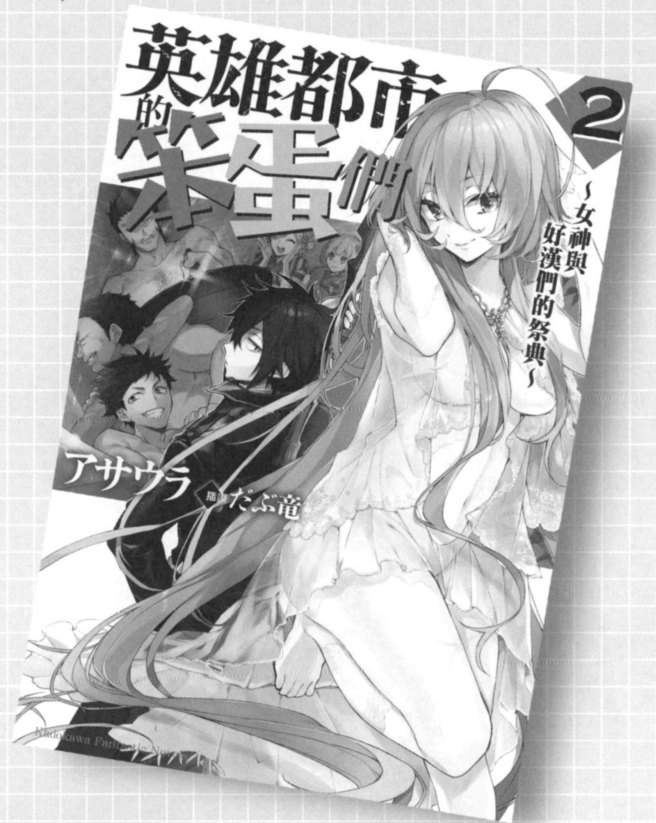

英雄都市的笨蛋們 1~2 待續

作者：アサウラ　插畫：だぶ竜

生活在英雄後裔們所居住的城鎮——利口鎮，
莫爾特今天依舊為了房租而賣命！

在房東女兒莉茲的命令下，莫爾特報名參加了某場祭典。那就是——全裸衝進危險的地下神殿，並以此來決定誰是利口鎮第一的「好漢」的「男祭」（還會露點喔）！在身穿浴衣的女性陣營守候之下，莫爾特遇見了……正宗的女神大人？

台灣角川

各 **NT$220~250/HK$68~75**

Kadokawa Light Novels

你的名字 Another Side:Earthbound

作者：加納新太　插畫：田中將賀、朝日川日和

新海誠最新力作《你的名字》外傳小說！
深入探討角色們的背景及心境。

住在東京的男高中生瀧因為作夢，開始會跟住在鄉下的女高中生三葉互換靈魂。瀧後來漸漸習慣了不熟悉的女性身軀及陌生的鄉下生活。就在瀧開始想更了解這副身軀的主人三葉時，周遭對不同於以往的三葉感到疑惑的人們也開始對她有了想法——

台灣角川

NT$220/HK$68

國家圖書館出版品預行編目資料

刺客守則. 2：暗殺教師與女王選拔戰 / 天城ケイ作；一杞譯. -- 初版. -- 臺北市：臺灣角川, 2017.05

面； 公分

譯自：アサシンズプライド. 2, 暗殺教師と女王選拔戦

ISBN 978-986-473-673-7(平裝)

861.57 106004524

Kadokawa
Fantastic
Novels

刺客守則 2
暗殺教師與女王選拔戰

（原著名：アサシンズプライド2暗殺教師と女王選拔戦）

2017年5月18日　初版第1刷發行
2019年10月16日　初版第3刷發行

作者：天城ケイ
插畫：ニノモトニノ
譯者：一杞

發行人：岩崎剛人
總經理：楊淑媄
資深總監：許嘉鴻
總編輯：蔡佩芬
編輯：陳書萍
美術設計：胡芳銘
印務：李明修（主任）、張加恩（主任）、張凱棋

發行所：台灣角川股份有限公司
地址：105台北市光復北路11巷44號5樓
電話：（02）2747-2433
傳真：（02）2747-2558
網址：http://www.kadokawa.com.tw
劃撥帳戶：台灣角川股份有限公司
劃撥帳號：19487412
法律顧問：有澤法律事務所
製版：巨茂科技印刷有限公司
ISBN：978-986-473-673-7

ASSASINS PRIDE Volume 2 ANSATSU KYOSHI TO JOO SENBATSUSEN

First published in Japan in 2016 by KADOKAWA CORPORATION, Tokyo.
Complex Chinese translation rights arranged with KADOKAWA CORPORATION, Tokyo.